무늬 뒤의
무늬

무늬 뒤의
무늬

김윤삼
산문집

달아심

가장 맑은
첫인사

아침 햇살이 유리창을 가만히 두드리면
밤새 숨죽였던 방 안이 서서히 깨어납니다.
투명한 빛이 바닥과 벽을 타고 번져
잠든 사물들을 하나씩 불러내고,
어제와는 다른 얼굴을 입혀줍니다.
빛은 맑은 첫인사 같아
눈꺼풀에 스며들 때
마음속 깊은 곳까지 환해집니다.
붙잡을 수도 없고, 오래 둘 수도 없다는 걸 알지만
나는 잠깐의 머묾 속에서
하루를 살아갈 온기를 얻습니다.
아침 햇살은 결코 오래 머물지 않습니다.
금세 방향을 틀어 다른 창과 길 위로 떠나갑니다.
그런데도 방안은 여전히 빛의 기운으로 채워집니다.
마치 빛이 떠난 자리에
빛을 받은 나의 마음이 남은 것처럼.

우리는 종종 시작을 두려워하거나
시작의 찰나를 하찮게 여깁니다.
그러나 하루의 가장 맑은 순간은
늘 가장 짧게 머물다 사라집니다.
아침 햇살이 말해줍니다.
붙잡으려 하지 말고,
"길을 믿는 사람에겐 길은 빛이 된다."
그 안에서 오늘을 살아낼 힘을 받으라고.

2026년 봄

김윤삼

차례

1부
/
하루의 온도

아침을 여는
차 한 잔

아침은 서둘러 열지 않는 것이 좋다.

서랍처럼, 천천히 당겨서 안에 무엇이 들어 있는지 확인하듯이.

나는 하루를 시작하기 전에, 주전자 속 물이 끓는 소리를 먼저 듣는다.

작은 기포가 일어나고, 기포들이 서로 부딪히며 은근한 소리를 내는 동안

오늘이 얼마나 느리게, 또 얼마나 가볍게 흐를지를 가늠한다.

목련꽃 잎을 던져 넣으면 향이 피어난다.

향은 단순히 코로 맡는 것이 아니라,

밤새 접어둔 생각들을 한 장씩 펼치는 일과 닮았다.

어제의 근심과 내일의 계획이 뒤섞인 머릿속을,

따뜻한 김이 조금씩 밀어내는 듯하다.

여러 겹 나이테가 지난 나무의 아침과 푸르름을 막 그린 나무의 아침은 다르다.

그때는 잠에서 깨자마자 달려야 할 목적지가 있었고,

무언가를 이루지 않으면 안 된다는 압박이 있었다.

지금의 나는 목적지보다 '출발하는 마음'에 귀를 기울인다.

오늘이라는 길을 걸을 힘이, 작은 찻잔에서 시작된다는 것을 알게 되었기 때문이다.

찻물을 다 마시고 나면, 잔 바닥에 남은 미세한 가루가 보인다.

찻잎이 자신을 다 내어주고 남긴 마지막 모습이다.

사람도, 하루도, 결국은 그렇게 자신을 조금씩 내어주며 지나간다.
흔적이 쓸쓸하기보다, 오히려 안도감을 느낀다.
아침을 여는 차 한 잔은 나에게 오늘의 첫 문장이다.
문장이 고요하게 시작되면,
뒤이어 오는 문장들도 부드럽게 이어진다.
나는 그 첫 문장을 위해 매일 물을 끓인다.

그해 봄

환하게 계절을 꽃피우는 벚나무 아래서
당신은 가만히 눈을 감으라고 했다.

그러곤 막대기로 땅 위에 뭔가를 끼적거렸다.

나는 글인지 그림인지 몰라 웃음이 나왔고
꽃멀미 같은 게 찌르르 가슴으로 흘렀다.

전율이라는 말을 처음 가르쳐준 당신.

바람이 불자
신기루 같은 문장들은 낙화처럼 난분분 떨어지고,

시간의 흔적만 이렇게 꽃받침처럼 남아서.

노랑나비

열여섯 살이었다. 그때 나는 바다가 보이는 언덕, 교정에 서 있었다. 낮밥*의 고요한 여운이 은은히 드리운 그 찰나, 흰 목련 만개한 나무 밑으로 날아오는 눈부신 노랑나비 한 마리를 보았다. 멘델스존의 <봄의 노래(Spring Song)>같이 나풀거리며 한 줄기 햇살을 타고 오르는.

화단의 꽃들이 저마다 나비를 그리워하는 삼월의 정오, 따스한 햇볕이 살며시 내려앉는 그 순간, 그녀를 마주한 내 마음은 두근거림이라는 작은 불꽃을 일으켰다. 알 수 없는 간질거림과 마음 한구석의 아릿함. 그전에도, 그리고 이후에도 어떤 누군가로 인해 이렇게 가슴이 찌릿하거나 삶이 먹먹해진 적이 없었다.

그때, 노랑나비는 어디론가 시선을 두고 아침 햇살처럼 내 곁을 스쳐 지나갔다. 나는 얼굴이 진달래 꽃잎처럼 붉게 물들었고, 마음속 비둘기 한 마리가 푸드덕거리며 깃을 펼쳤다. 말없이 운동화 끝만 내려다보던 내 마음은 바다보다 깊어졌고, 파도처럼 설레었다.

내 안의 모든 가지가 꽃을 피웠던 그날 이후, 매일 점심시간마다 학교 화단을 맴돌았다. 하지만 노랑나비는 다시 오지 않았다. 어쩌면 영원함이란 우리 곁에 머물지 않기에 더욱 특별한 것일지도 모른다고 생각했다.

시간은 잡히지 않는 물결처럼 흘렀다. 나는 조선소 불빛 아래에서 기계 리듬에 맞춰 하루하루를 보냈다. 거대한 크레인이 철판을 옮기며 공기를 가르고, 용접기 불꽃은 사방으로 튀었다. 녹슨 먼지와 땀으로 얼룩진 작업복을 벗으면 가끔 노랑나비 한 마리가 날아왔지만, 곧 경고음과 기계 소리에 날아가버렸다.

이제야 고백하건대 내 떠돎의 절반은 노랑나비 찾아 헤매던 날들의 설렘 때문이었고, 나머지 절반은 그 노랑나비를 숨겨준 나날들이었다. 줄리엣을 사랑한 로미오처럼 노랑나비를 사랑했고, 데이지를 원망한 개츠비처럼 노랑나비를 미워했다. 바닷바람이 잠시 숨을 돌리게 했지만, 사랑과 상처가 엇갈리는 길목에서 나는 조선소 용접 불꽃 사이를 떠도는 연기처럼 바람에 떠다녔다. 그러는 사이 시간은 눈 깜짝할 사이에 흩어졌고 노랑나비는 점점 시곗바늘 뒤로 멀어져갔다.

세월에 할 말이 많았지만, 시간의 강은 노랑나비를 돌려주지 않았다. 나는 그리운 기억을 담아 명절날이나 쉬는 날이 되면 학교 화단을 찾았다. 그러던 어느 날, 중학교 동기 모임에서 뜻밖에 노랑나비를 만났다. 나는 기억 파편 몇 개를 들고 살짝 숨을 고르며 그 앞을 스치고 지나갔지만, 그녀는 나를 알아보지 못했다. 공허해진 나는 내 나이 열일곱, 하늘빛 녹아든 바다 가장자리가 내려다보이는 학교 화단에서 눈부신 노랑나비 한 마리를 가슴에 품은 적 있다고, 세상에는 평생 품고 살아야 할 그리움이 있다는 걸 그제야 비로소 알게 되었다고, 뿌연 안개처럼 혼자 어두워지던 날이 많았다고 그 얘기도 차마 하지 못했다. 그 모임 이후 나는 심장에 구멍이 난 듯 한참 동안 신열을 앓았다.

순간, 노랑나비가 환영처럼 잠시 내 앞에서 날아올랐다. 그 작은 날개 끝에서 바람이 일어났고, 나는 눈을 떼지 못한 채 가슴 깊은 곳에서 밀려오는 설렘을 붙잡으려 애썼다. 그러나 그녀는 나를 가만히 바라보다가, 바람 속에 녹아든 듯 천천히 멀어졌다. 마치 하늘과 닿을 듯한 먼 바다 위로 스며드는 빛처럼, 흔적을 남기되 닿을 수 없는 곳으로 사라졌다.

그녀의 그림자를 따라 걷던 내 지친 밤들도 조용히 떠나갔다. 푸른 선율이 멈춘 자리, 머뭇거리던 새들은 붉은 노을을 향해 깃을 펼쳤다. 시간은 별빛 가득한 우주의 먼지처럼 흐릿하게 흩어졌고, 모든 것이 천천히 사라져갔다. 남은 것은 오직 깊어지는 어둠뿐이었다.

* 낮잠을 뜻하는 방언도 있으나 여기서는 '점심'을 뜻하는 단어로 사용하였음.

비 오는 날의
속도

비가 오면 세상의 속도가 달라진다.
사람들 발걸음은 조금 느려지고,
자동차 바퀴 소리는 물웅덩이를 가르며 낮게 울린다.
빗방울이 지붕과 유리창을 두드리는 리듬에 맞춰
시간마저 박자를 늦추는 것 같다.
심장이 가장 크게 뛰던 무렵엔 비를 피하려고 뛰었다.
머리가 젖을까, 옷에 빗방울이 스밀까 조급했다.
하지만 지금은 빗속에서 걸음을 줄인다.
빗소리가 길 위에 깔아놓은 투명한 카펫 위를,
조심스럽게 밟으며 걷는 기분이 나쁘지 않다.
비 오는 날의 속도는,
내 안에 쌓인 것들을 천천히 내려놓게 한다.
밀린 전화, 답하지 못한 메시지,
언제나 뒤로 미루던 마음의 고백들까지.
빗물에 씻겨 나가는 것은 꼭 먼지와 흙만이 아니다.
나는 종종 카페 창가에 앉아
유리창 위로 흘러내리는 물길을 바라본다.
물길은 서로 만나고 헤어지고,
다시 합쳐져 하나의 흐름을 만든다.
마치 우리의 인연과도 같다.

비가 그치면 세상은 다시 속도를 올린다.
발걸음이 빨라지고, 거리는 분주해진다.
그래서 나는 비 오는 날을 좋아한다.
모든 것이 조금 느려져서,
'나만의 무늬가 나만의 무늬를 부른다.'
내 마음이 따라갈 수 있는 속도가 되기 때문이다.

나의 속도로
살아가기

　책장 속 책들을 정리한다. 오랜 시간 나의 반쪽을 차지했던 노동운동 서적들, 경제와 사회, 정치라는 이름 아래 저항을 배웠던 책들이다. 절반은 남기고 절반은 떠나보내며 젊은 날 나를 채웠던 것들을 돌아본다.

　길 위에서 맞섰던 날들, 구호와 함성이 공기를 가르던 순간들, 그리고 구치소 생활이 떠오른다. 쌍용차 정리해고 지원 투쟁의 기억 속에는 밤을 새우던 날들과 법정에서 마주했던 찬바람이 스며 있다. 1년의 구형, 그리고 5백만 원의 판결. 그 모든 시간은 나를 관통해 지나갔다.

　빈 의자가 방 한쪽에 놓여 있다. 앉아 있던 사람은 떠났고, 자리를 채우던 숨결도 사라졌다. 남은 것은 고요와 공기뿐인데, 깊게 가라앉은 정적이 오히려 내 안의 울림을 더 크게 두드린다. 나는 나 자신에게 묻는다. 지금까지 살아온 발자국은 정말 내 것이었을까. 내가 걸어온 길은 나의 의지에서 비롯된 것일까, 아니면 남이 부여한 이름을 지키기 위해 살아온 것일까.

　삶은 언제나 나를 여러 호칭으로 불렀다. 남편이라 불렸고, 아버지라 불렸으며, 한 직장의 노동자로 불리며 세월을 보냈다. 가슴 깊이 새겨진 이름들을 충실히 지켜내며 살아왔지만, 침묵과 침묵 사이에서 내 얼굴은 점점 희미해졌다. 오롯한 내가 누구인지, 오래도록 묻지 않은 채 흘려보낸 시간의 무게가 오늘 내 앞에 와 있다.

상실은 예고 없이 다가와 모든 것을 흔든다. 닿을 수 없는 손길, 비어 버린 자리가 남긴 울림은 나를 낯설게 만든다. 시간의 경계에 걸려 있는 낯섦은 두려움이 아니라 새로운 자화상이다. 텅 빈 공허라 여겼던 순간은, 사실 오래 미뤄두었던 목소리가 돌아오는 순간이었다. 억지로 거부하고 막으려 했던 길 위에서 나는 이제 알게 되었다.

바꾸지 못하는 것을 억지로 붙잡는 대신 받아들임으로써 다른 문이 열린다는 것을. 세상은 여전히 내 뜻대로 움직이지 않지만, 바라보는 시선이 조금 달라졌다. 어제와 오늘을 가르는 미묘한 차이는 누구에게 설명되지 않아도 충분히 느낄 수 있는 변화였다.

문득 나에게 묻는다. 나만의 속도로 살고 있는가?

지나간 젊은 시절은 '함께'여서 빛나는 시간이었다. 생각해보면 '동지'라는 이름으로 공장에서, 도로에서, 투쟁의 현장에서 최선을 다했다. 그때는 그게 선이었고 가치였다. 그러다 계절이 쌓이면서 격렬했던 현장과는 거리가 생겼고, 내가 두고 온 자리는 후배들의 시간으로 덮였다. 그렇게 앞자리를 비우고 뒤에서 바라보게 되었다.

지금은 회사에서 맡은 일을 열심히 하며, 노동조합 사진여행 코너를 맡아 사진과 글을 보낸다. 단산하는 공장을 사진으로 담아 보관하는 일이나, 혹여 산재로 인한 역학조사에 도움을 주려고 공장 현장의 상황들을 기록해놓는다. 또한, 나를 위한 글쓰기와 책 읽기, 혼자 떠나는 여행의 시간도 갖는다.

　예전과 지금의 나는 너무도 다르다. 거북이가 토끼처럼 뛸 이유도, 뱁새가 황새처럼 걸어야 할 이유도 없다. 아무것도 하지 않았다고 자책하지도 않는다. 어쩌면 '아무것도 하지 않는 날'조차 좋은 날일지 모른다. 모든 시간은 무언가를 만들어낸다. 헛되이 지나가는 순간은 없다. 잘 쉬는 법도 배운다. 혼자 보내는 시간이야말로 최고의 쉼이자 나를 채우는 자양분이다. 음악을 듣는 기쁨, 자연 속에서 카메라를 들고 얻은 회복의 순간들, 혼자 사유하는 시간의 힘. 그중에서도 독서는 언제나 가장 큰 선물이 되었다.

　"사람은 결국, 자신이 누구인지 모르는 상태로 살아갈 수 없어요. 자신을 제대로 알아야 타인도, 사랑도, 세상도 온전히 볼 수 있죠."
　공지영 소설가의 장편소설 『즐거운 나의 집』에 나오는 한 문장이다. 가족이라는 가장 가까운 관계 속에서도 종종 우리가 얼마나 자신을 돌보지 못하고 타인의 기대에 얽매여 사는지에 대해 깊이 성찰하게 한다. 주인공의 내면을 따라가다보면, 자신을 돌보는 것이 얼마나 중요한지 자연스럽게 느낄 수 있다. "나를 돌보지 않는 나에게"라는 문장을 떠올린다. 자신을 잊은 채 타인을 쫓느라 얼마나 나의 발걸음이 엉켰던가.
　가끔 함께 투쟁했던 지인들로부터 얼굴 한번 보자거나 한잔하자는 전화를 받을 때가 많다. 그럴 때마다 선약이 있어 미안하다며 거절했다. 거리를 둔 지금, 그때의 배신감이 생각나 다시 소용돌이로 휩쓸려 들어가고 싶지 않았다. 그렇다고 젊은 날 추구했던 삶의 가치가 변하거나, 이념이 변절한 건 아니다. 다만 이제는 멀찌감치 좀 떨어져서 그것들을 객관적으로 바라볼 뿐이다. 뭐랄까? 사회적인 빛에서 물러나, 가정의 등불 곁에 서게 되었다.

세상의 시계는 바쁘게 흘러가고 수많은 발걸음이 내 옆을 스쳐간다. 그들의 길이 눈부시고 화려해 보여도 나만의 속도로 걸어야 한다. 흔히 인생을 마라톤에 비유하기도 한다. 마라톤에서 중요한 건 자신의 페이스를 끝까지 유지하는 것이다. 그래야 중간에 기권하지 않을 수 있다. 이제부터라도 타인의 기대라는 무거운 짐을 내려놓고, 남의 보폭에 맞춰 뛰느라 잊어버린 걸음을 되찾아야 한다. 가끔 멈춰도 좋고, 느리게 걸어도 괜찮다. 내 삶의 중심은 내가 되어야 하기에.

흐르는 강물처럼, 흔들리는 나무처럼, 자연스럽게 세상의 순리에 나를 맡기며 살아간다. 모든 길이 내 것이 아니어도 된다. 그저 내 안의 목소리를 따라 걸을 뿐이다.

세상이 기대하는 속도와 방향에 나를 맞추려 했던 시간이 멀어질수록, 내 걸음은 더욱 단단해졌다. 왠지 이제는 느리더라도 그 발자국이 진짜 나의 것임을 안다. 나의 속도로, 나의 방향으로. 그리고 그 속도 안에서 진정한 삶을 찾아간다.

"무늬 뒤의 무늬는 약점이 아니라, 향기가 될 준비다."

늦은 오후의
그림자

하루가 가장 느리게 기울어지는 시간은,

햇빛이 길게 뻗어 그림자를 만드는 늦은 오후다.

빛이 부드러워지고, 사물은 제 몸보다 훨씬 큰 형체를 뒤로 드리운다.

그림자들을 바라보며, 오늘이 벌써 이렇게 멀리 왔다는 사실을 느낀다.

세상이 온통 새로웠을 때는 그림자가 길어지는 것을 두려워했다.

그건 하루가 끝난다는 신호였고,

해야 할 일들이 여전히 산더미처럼 남아 있다는 증거 같았다.

하지만 수많은 새벽을 접어놓은 마음의 아침이 된 지금,

그림자는 하루가 나를 내려놓는 방식이라는 걸 알게 되었다.

빛이 사라지는 것이 아니라, 다른 자리로 옮겨가는 것처럼.

이 시간의 공기는 묘하게도 과거의 냄새를 품고 있다.

어린 시절 집으로 돌아오던 길,

학교 운동장에서 공놀이하다 어두워지던 순간,

아무 말 없이 길을 걸어도 괜찮던 사람의 발걸음.

모든 장면이, 늦은 오후의 그림자 속에 묻어 있다.

나는 종종 이 시간에 아무 일도 하지 않는다.

커피 한 잔을 놓고, 창가에 앉아 실루엣이 길어지는 모습을 지켜본다.

음영은 땅 위의 시곗바늘 같다.

해가 기울어갈수록 시간은 더 천천히 흐르는 것처럼 보인다.

하루의 끝자락에서 만나는 잔영은,

시간의 표면을 조용히 되돌려주는 거울이다.
반사경 속에서 나는 서두르지 않고,
다음 문장을 쓰기 위해 펜을 잠시 내려놓는다.
그림자가 사라질 때쯤,
비로소 하루는 나를 완전히 놓아준다.

"나만의 걸음이 나만의 빛을 만든다."

접사의
거리

　겨울이 봄의 어깨를 살짝 밀어 올리는 날, 카메라를 들고 토함산을 올랐다. 차가운 바람은 여전히 매서웠지만, 햇살은 얼음 속에 감춰진 생명들을 부드럽게 깨우고 있었다. 한적한 능선에서 눈 덮인 자리를 뚫고 복수초가 노란 얼굴을 내밀고 있는 것을 발견했다. 어쩌면 좋은 사진을 얻을지도 모른다고 생각하며 조심조심 그 곁으로 다가갔다.

　카메라를 가까이 가져가자 깃털 모양으로 갈라진 얇고 부드러운 꽃잎은 햇빛을 받아 황금색으로 빛나고 있다. 가운데 노란색 암술과 수술의 모양은 청아하다 못해 투명하다. 매크로 렌즈를 사용하니 꽃잎의 결 하나하나가 보였다. 접사(接寫)는 피사체의 특정 부분이 가장 선명하고 뚜렷하게 보이도록 해야 한다. 얕은 심도로 배경을 흐릿하게 하고 꽃을 돋보이게 초점을 맞춘다.

　접사는 매우 가까운 거리에서 대상을 촬영하여 작은 디테일을 크게 확대하는 사진 기법이다. 피사체의 섬세한 질감, 형태, 색상 등이 선명하게 드러나는데, 꽃, 곤충, 작은 물체 등을 촬영할 때 사용한다. 수동 초점을 통해 원하는 부분에 정밀하게 초점을 맞춰야 하며, 빛의 방향과 강도를 통한 입체감과 텍스처, 무엇보다 중요한 건 아름다운 구도를 찾는 일이다.

　복수초 앞에 서면 시간이 느려진다. 가느다란 꽃잎 위로 빛이 부드럽게 내려앉고, 빛을 머금은 표면의 결은 바람에 닿은 물결처럼 흔들린다. 흑과 백의 여백 속에서 형태는 더 고요히 드러나고 그림자는 은은한 울림이 된다. 말이 없지만, 꽃은 오래도록 귀 기울이게 하고 나는 침묵 속에서 작은 숨결을 듣는다.

교감하는 연인이 있었다. 사랑을 확인하기 위해 그녀의 일상에 깊이 스며들었다. 가까이 다가갈수록 더 빛나게 느껴지는 것 같았다. 처음엔 모든 것이 새롭고 흥미로웠다. 눈빛 하나에도 가슴이 뛰고, 작은 손길에도 깊은 행복을 느꼈다.

차츰 시간이 흐르면서 대화는 의무가 되었고, 너무 가까워진 렌즈처럼 초점이 흐려졌다. 문제는 나였다. 적당한 거리를 유지하고 관계를 오래 가져가야 함에도 너무 성급하게 다가가는 바람에 오히려 멀어져버렸다. 그러던 어느 날, 그녀의 시선이 나와 마주치지 않는다는 것을 깨달았다.

언젠가 들렀던 한정식집은 담벼락이 아름다웠다. 이어지는 골목길이며 주변 풍경과도 잘 어우러졌다. 돌로 만든 흙담에 얹힌 기왓장은 시간의 흔적을 고스란히 담고 있었다. 고색창연한 풍경을 담으려고 카메라를 들어 건물 일부를 접사로 찍었다. 하지만 가까이 다가가자 갈라진 벽의 틈과 칠이 벗겨진 부분이 선명히 보였다. 건물 전체의 균형을 생각하면서 세 발짝 물러나서 자리를 잡았다.

적당한 거리를 유지하는 것은 사람과 풍경뿐이 아니다. 고슴도치들은 겨울을 나기 위해서 껴안고 산다. 하지만 너무 가까이 다가가면 상대방의 가시에 찔리기 쉽고, 멀어지면 추위를 피할 수 없으니 일정한 거리는 필수이다. 공중을 날아가는 새떼도 마찬가지이다. 그들은 서로 간격을 유지하면서 비행한다. 가까우면 다른 새의 비행에 방해가 되고 너무 멀면 공기의 저항이 강하기 때문이다.

차가운 바람에도 얼굴에 땀이 송골송골 맺혔다. 긴장한 탓이리라. 시선의 각도와 거리를 찾기 위해 부단한 움직임 끝에 결국 나만의 구도를 찾을 수 있었다. 오브제와의 상호작용에서 얻어진 결과였다.

사진을 배우고 난 뒤부터 대상을 바라볼 때 단순히 눈에 보이는 것뿐만 아니라, 내면의 감정과 생각을 통해 거리를 조절하게 되었다. 이를 통해 얻은 거리감은 이전과는 전혀 다른 차원의 것이었다. 미적 거리를 찾는 과정은 나만의 감각을 키우는 데 큰 도움이 되었고 때론 성취감을 안겨주었다.

꽃은 손길을 허락하지 않는다. 가까이 다가서면 더이상 머물 수 없고, 멀찍이 바라볼 때 비로소 빛난다. 향기는 곁에 붙잡히지 않는다. 멀어질수록 더 맑아지고, 거리를 두어야 더 깊게 스며든다. 사람의 마음도 그러하다. 너무 가까우면 흐려지고, 거리를 지닐 때 비로소 오래 머문다.

어떤 대상이든 지나치게 가까이 다가가면 본연의 아름다움이나 가치를 제대로 인식하지 못할 수 있다. 거리는 물리적인 것뿐만 아니라 정신적, 감정적인 것을 포함한다. 교감을 하면서 서로를 느껴야 가능한 것이다.

　심미안(審美眼)은 아름다움을 살펴 찾는 안목을 말한다. "안목이 높다는 것은 미적 가치를 감별하는 눈이 뛰어남을 말한다."라고 했다. 단지 사물에만 국한되는 말은 아닐 것이다. 예술은 물론이고 역사나 삶을 보는 눈도 깊고 높고 넓어야 한다. 진실은 그러한 심미안 너머에 있다. 소중한 것은 이제 조금 거리를 두고 보려 한다. 가까이 다가서면 아름다움이 흐려질까 두렵고, 본질을 잃을까 염려되기에.

　렌즈 속으로 최상의 상태로 꽃이 들어온다. 드디어 거리가 잡힌 모양이다. 길게 호흡을 들이마신 후 숨을 멈추고 검지손가락으로 셔터를 누른다. 무중력의 힘으로. 찰칵!

저녁이 데려오는
얼굴들

저녁이 되면 거리는 서서히 사람들의 얼굴을 불러 모은다.

출근길에 무심히 스쳐 지나던 표정들이,

하루를 마치고 집으로 돌아가는 길 위에서 조금씩 풀린다.

얼굴들에는 피로와 안도, 그리고 미묘한 고독이 겹쳐 있다.

빛이 지고 난 자리에 가로등이 켜지면,

하루 동안 감춰졌던 표정들이 드러난다.

밝은 조명 아래서 보이는 얼굴이 아니라,

빛과 그림자가 동시에 얹힌 얼굴이다.

시간의 무늬 안에서 오늘 하루를 건너온 저마다의 사정이 숨어 있다.

나는 종종 버스 창가에 앉아 창밖을 본다.

횡단보도 앞에 선 사람들,

골목 어귀에서 기다리는 누군가,

가게 문을 닫는 주인의 손길.

얼굴들을 바라보고 있으면,

마치 도서관의 책장을 훑듯 하루의 이야기들을 읽게 된다.

저녁은 모든 얼굴을 한 번 더 비춘다.

아침에는 미처 보지 못했던 주름,

낮에는 지나쳤던 눈빛의 흔들림,

하나하나가 저녁의 빛 속에서 살아난다.

집으로 돌아오는 길,

문득 거울을 보았다.
어둠 속에서 하루를 건너온 얼굴이 있었다.
'가장 깊이 베인 자리가, 가장 단단한 뿌리를 내린다.'
저녁이 데려오는 얼굴 중 하나, 바로 나였다.

마루

잠든 녀석을 안았다. 잠시 놀라 움츠리더니 고개를 든다. 긴장한 눈망울이 금세 안도의 표정으로 바뀐다. 그러더니 이내 혓바닥으로 내 손등을 핥는다.

일을 마치고 퇴근하는 새벽 시간, 문을 열고 현관으로 들어서면 반려견 마루가 반긴다. 얼른 들어오라며 꼬리가 끊어질 듯 흔들어댄다. 자동차가 아파트로 진입하면, 관리사무소로 연결된 영상전화에 차량 출입 알림이 화면에 떴다 꺼진다. 마루는 어떻게 그 신호를 감지하는지 내가 올라올 때까지 기다린다.

어느 날 퇴근했는데 현관 앞에서 기다리고 있어야 할 마루가 보이지 않았다. 화장실에 갔나 하고 거실로 들어서니 소파에서 자고 있었다. 불러도 깨지 않아 몸을 건드리니 벌떡 놀라 일어나선 멍한 표정을 지었다. 며칠 그런 행동을 보여 혹시나 싶어 병원으로 데리고 갔다.

"마루가 몇 살인가요?"

"15살입니다."

"나이가 많아서 그럽니다. 건강은 이상 없어요. 잠 많이 자고 먹을 걸 탐낼 겁니다."

나는 어느새 인터넷에서 반려견에게 좋은 영양식품을 검색하고 있었다.

오래전 일이었다. 딸이 강아지를 키운다는 지인이 있었다. 하루는 택배가 왔길래 뭐냐고 물으니, 강아지 보약이라는 것이었다. 하도 기가 차서 '회사 다니면서 월급 타면 엄마, 아빠 영양제 하나도 안 사주면서 강아지는 보약 먹이니? 내가 강아지보다 못하냐?'고 딸을 혼냈다는 얘기를 들은 적이 있었다. 그때는 나도 그의 이야기에 공감했다.

"사람이 죽으면 먼저 가 있던 반려동물이 마중을 나온다."

나는 권윤주(필명 스노우캣) 작가의 에세이 『옹동스』에 나오는 이 문장을 무척 좋아한다. 책 제목인 '옹동스'는 작가가 키우는 반려묘 '나옹'과 오래 벼르다 입양한 둘째 고양이 '은동'을 합쳐 부르는 말이다. 가슴 찡한 한편의 우화 같은 이 책은 세상의 수많은 반려동물과 함께 살아가는 사람들의 공감을 불러일으킨다.

평소 TV를 보지 않는다. 하지만 최애 드라마를 꼽으라고 하면 주저하지 않고 <도깨비>라고 말한다. 세 번 정도 연속으로 며칠 본 기억이 있다. 많은 장면이 좋았지만, 제일 선명하게 남은 것은 시각 장애 도우미견이다. 남자가 저승사자에게 어디로 나가면 되냐고 물었을 때, 들어왔던 곳으로 나가면 된다고 했다. 문을 여는 그 순간, "멍멍"하고 입구에 앉아 있던 강아지가 반기며 짖었다. 생전에 함께했던 시각 장애 도우미견인 '해피'였다. 저승사자가 말했다.

"먼저 온 게 마음에 걸렸는지 아까부터 계속 기다리고 있었습니다. 길은 해피가 더 잘 알 겁니다."

자려고 침대 위에 누우니 마루가 얼른 따라와 엉덩이를 머리 부근에 딱 붙이고 함께 눕는다. 따뜻한 온기가 전해진다. 강아지 체온은 평균 38℃에서 39℃다. 사람의 체온보다 높다. 신체접촉의 따뜻함은 감정적 안정과 함께 행복 호르몬이라고 하는 '옥시토신' 분비를 촉진한다. 이 호르몬은 스트레스와 불안을 줄이고 행복감을 높여준다. 더 중요한 건 교감이다. 교감은 공감을 전제로 한다.

가족의 삶 속에서 반려견은 작은 천사와도 같다. 함께 걷는 산책길에서 가족 간 이야기를 나누며 느껴지는 소소한 행복, 손끝으로 전해지는 따뜻한 온기는 가족의 마음을 하나로 이어준다. 소소한 순간들과 따뜻한 온기는 마치 사랑의 언어처럼 가족을 따뜻하게 한다.

도시화와 가족 구조의 변화로 현대인은 외로움에 무방비로 노출되어 있다. 소셜미디어는 불특정의 사람들과 무수하게 연결되어 있지만, 동시에 더 많은 고립감을 느끼게 되는 역설적 상황에 처해 있다. 사람들이 반려동물을 찾는 이유가 그래서인지도 모른다.

마루와 나는 비언어적으로 의사소통하고 있다. 갈등을 전제로 하는 일은 하나도 없다. 표정, 몸짓, 눈 맞춤, 등 감정 전달이 된다. 단순한 애완동물과 주인 관계를 넘어, 깊은 신뢰와 이해를 바탕으로 정서적 교류를 한다. 사람에게 느끼지 못하는 다양한 형태의 만족과 행복을 제공한다.

마루는 내 곁에서 편안하게 잠이 들었다. 개의 수명이 18년 정도라고 하니 이제 녀석과의 시간도 얼마 남지 않았다. 먼저 저세상에 간다면 마루도 나를 기다리고 있겠지.

"사람이 죽으면 먼저 가 있던 반려동물이 마중을 나온다."

2부

사람과 사람 사이

오래된 친구와의
침묵

오래된 친구와 만나면, 대화를 준비할 필요가 없다.

나누는 말보다, 나누지 않는 침묵이 더 길고 깊기 때문이다.

어색함이 아니라, 서로의 시간과 마음이 쌓여 만들어진 공간이다.

젊을 때 우리는 말로써 삶을 붙잡으려 했다.

밤이 깊도록 미래에 관해 이야기했고,

서로의 사랑과 실패, 다짐과 후회를 끝없이 털어놓았다.

그때의 말들은 마음과 마음을 더 가까이 묶어주었지만,

지금은 말없이도 두 영혼의 간격을 유지할 수 있다.

오래된 친구와의 침묵은,

커피잔의 김이 올라가는 모습을 함께 지켜보는 일과 닮았다.

사이엔 눈에 보이지 않는 온기가 머물고,

고요가 머무는 틈, 아무 설명 없이도 서로를 이해하게 한다.

어느 날은 이런 말이 흘러나왔다.

"너도 나이들었네."

짧은 한마디 말에는 가벼운 놀림도, 연민도 들어 있었다.

그저 오랜 시간 서로를 지켜본 사람이 건넬 수 있는 말.

그 말 하나로 우리는 그날의 대화를 다 나눈 셈이었다.

집으로 돌아오는 길에 생각했다.

침묵은 비어 있는 것이 아니라,

오히려 가장 단단하게 채워진 깊은 향유일 수 있다고.

오래된 친구와 나누는 침묵은,
말보다 오래 남는다.

"함께 걷는다는 건, 한 걸음마다 서로의 숨결을 배우는 일이다."

동살의
시간

해돋이 전, 동이 트면서 비치는 빛줄기는 자연의 아름다움과 안정감을 준다. 짙은 코발트블루가 점차 검붉은 주황색으로 바뀌면서 잠들어 있던 수평선이 깨어난다. 하늘은 서서히 밝아지고, 구름이나 공기 중 작은 입자들로 인해 산란하는 빛은 고요하게 주변을 물들인다.

경주 단용굴은 몇 번이나 출사하러 간 곳이다. 주변의 기암괴석과 해송들이 어우러져 신비한 분위기를 자아내기 때문이다. 울산과 경주의 경계에 있는 주상절리도 마찬가지다. 이 두 곳에서는 썰물 때와 해 뜨는 시간이 잘 맞아야 한다. 조건이 맞지 않으면 바위의 섬세한 부분을 담을 수 없다.

해가 뜰 때는 조리개를 조여야 한다. 이 시간엔 주변 조도가 급격하게 증가하므로 최대한 적은 양의 빛을 촬영 센서로 통과시켜야 좋은 작품을 얻을 수 있다. 하지만 촬영하려는 효과나 상황에 따라서 조리개를 넓히는 때도 있다.

동살은 태양이 자신의 조리개를 최소한으로 열 때이다. 아주 미세한 노출로 하루의 시작을 알린다. 조심스럽게 주변의 사물을 살피면서 빛을 내보내는 일에 신중을 더한다. 그럴 때 풀, 꽃, 나무들은 간밤의 실루엣을 벗어버리고 그 형체를 드러낸다. 비로소 사물들의 이름이 완성되는 이때를 놓칠세라 많은 작가가 카메라에 담는다.

동살이 조리개를 열어 사물을 비추는 것처럼 사람과의 관계에서도 적절한 노출이 필요하다. 고등학교 시절, 친하게 지내던 친구가 있었다. 어느 날 방과 후 자신을 어떻게 생각하느냐고 물었다. 친구들과 함께 있을 때의 물음이라 자존심 강한 나는 대수롭지 않게 대답했다. 그날 이후로 냉담해진 그는 내가 무슨 말을 해도 귀를 열지 않았다. 나의 조리개는 친구의 그것보다 노출이 적었던 모양이었다.

입사 동기가 있었다. 동갑에다 동향이라 취미생활도 같이하면서 친하게 지냈다. 주변에서 형제라고 할 정도로 마음을 다해 사소한 것 하나라도 빠짐없이 챙겼다. 그런데 어느 날 자신을 어린애 취급한다면서 일방적으로 절연하고 떠나버렸다. 고등학교 때와는 달리 조리개를 너무 많이 열었던 것이 원인이었다.

빛의 양을 조절하여 사진의 밝기와 초점을 조절하는 것처럼 마음도 다양한 상황에 따라 열거나 닫을 필요가 있다. 너무 많이 개방하거나 반대로 적게 노출하게 되면 내가 다치거나 남에게 상처를 주게 된다. 타인을 이해하고 소통하면서 적절한 긴장을 놓지 않는 것이 좋은 관계를 만드는 일이다.

나는 해돋이 사진을 좋아한다. 수평선 위로 반쯤 떠 오른 해가 하늘과 바다를 물들일 때는 마치 천지창조가 저러지 않았을까 하는 생각이 든다. 누군가는 단순한 일의 반복을 뭐 하려 하느냐고 할 수 있다.

그러나 동살의 감동을 한 번이라도 경험해본 사람이라면 충분히 이해
할 수 있을 것이다.

인디언들은 말을 타고 달리다 가끔 멈추어 서서 뒤를 돌아본다고
한다. 혹시 자신의 영혼이 따라오지 못할까봐서이다. 잠시 분주함을 내
려놓고 자기 안으로 들어가는 침잠의 시간은 현대인들에게도 필요한
것일지 모른다. 해돋이 사진을 찍는 지금 나도 평야에 우뚝 선 인디언
이 된다.

나를 오롯이 나이게 하는 지금이 좋다. 마음의 폐허에서 새로운 믿
음을 찾을 수 있기 때문이다. 동살의 빛 사이로 흐릿한 피사체 하나가
잡힌다. 이때다. 심호흡한 뒤, 숨을 멈추고 셔터를 누른다. 찰칵!

갈라진 잎,
그 사이로 흐르는 것들

몬스테라는 잎이 찢어진다. 누군가는 그것을 병들었다 말하고, 누군가는 다쳤다 여긴다. 그러나 정작 식물은 그 갈라진 틈을 통해 더 많은 빛과 바람을 받아들인다. 찢김은 그 식물에게 고통이 아니라 생존의 방식이며 갈라짐은 자신을 해치는 대신 세상과 조율하려는 태도다.

처음 나는 그 찢김을 '결핍'이라 배웠다. 결함 없는 표면, 정돈된 언어, 무흠의 태도만이 성숙하고 이상적인 인간이라고. 하지만 삶은 나를 통해 조금씩 비틀어 말한다. 내가 살아낸 시간 속에는 균열이 있었고, 그 균열이야말로 나를 나답게 만들어준 것들이었다. 몬스테라는 자기 자신을 온전히 채우기보다는 자신을 갈라내며 존재의 균형을 만든다. 그 찢김이 없었다면 잎은 자신을 삼켰을 것이다. 빛은 안으로 들어올 수 없고, 비는 표면에서만 흘러내렸을 것이다.

마찬가지로 인간도 자신을 밀폐한 채 살아갈 수 없다. 우리는 갈라진 존재다. 감정은 쉽게 흔들리고, 마음은 틈새마다 흔적을 남긴다. 의심과 확신 사이를 오가고, 용서와 분노 사이에서 우리는 부유한다. 본질은 그 경계에서 자라난다. 무엇이든 나누어진 틈 속에서 태어난다. 편견과 두려움 사이, 침묵과 외침 사이. 나는 그 경계에 오래 서 있었고, 그곳에서만 들을 수 있는 언어가 있다는 것을 배웠다.

사람은 무엇을 위해 움직이는가. 어떤 이는 목표를 '과정'에 두고, 또 다른 이는 '결과'에 둔다. 과정에 머무는 이는 종종 그 여정을 보여주려

한다. 걸음보다 발자국이 중요하고, 행위보다 태도가 선명해야 한다. 과정은 자신의 진심을 증명하기보다 타인의 시선을 의식한 몸짓이 되기 쉽다. 반면, 결과를 향하는 이는 끝을 알고 묵묵히 걸어간다. 그 걸음은 눈에 띄지 않지만 단단하고, 보여주기보다 믿는 것이다. 신념은 빛처럼 조용히 스며들고, 바람처럼 흔적 없이 흔든다. 마치 몬스테라의 갈라진 잎이 말없이 더 많은 빛을 받아들이듯, 진짜 신념은 말이 많지 않다. 자신에게 단단한 사람일수록 겉으로 드러내는 것이 적고, 그런 이일수록 타인의 틈을 쉽게 이해한다.

몬스테라가 찢긴 채 더 많은 빛을 받아들이듯, 우리도 갈라져 있기에 타인의 언어에 닿을 수 있다. 오히려 자신을 온전히 닫아걸었을 때, 세계는 단단한 벽이 되어 돌아온다. 자신의 관점만이 옳다고 믿는 순간, 타인은 그림자처럼 멀어진다. 편견은 잎을 덮는 먼지와 같다. 햇빛이 닿지 않고 물도 고인다. 결국, 자신 안에서만 반복되는 사고는 생장을 멈춘다.

식물은 자라면서 자신을 비워낸다. 가장자리부터 낡은 잎을 떨구고 쓸모없는 줄기를 절제한다. 삶을 확장하는 일은 무엇을 더 채우는 일이 아니라, 무엇을 놓아주는 일이기도 하다. 인간도 마찬가지다. 우리가 버려야 할 것은 대개 바깥에 있는 것이 아니라 안에 있다. 굳어버린 생각, 상처로 오인된 경계, 이해하지 않으려는 고집. 그것들을 걷어내야만 내면의 광합성이 시작된다.

어쩌면 모든 존재는 조금씩 찢겨야 살아갈 수 있다. 찢김이 없다면 아무것도 스며들 수 없다. 빛도, 바람도, 사랑도. 우리는 그 틈 사이로 서로를 통과시키고, 그 틈이 있기에 흐름이 가능해진다. 나는 더이상

나의 갈라짐을 감추지 않는다. 오히려 그것 덕분에 내가 사람을 더 오래 바라볼 수 있었고, 나 아닌 것에도 물들 수 있었다.

이제 나는 내 안의 틈을 하나의 언어로 생각한다. 그것은 말보다 오래 머물고, 침묵보다 더 많은 것을 말한다. 그 틈을 통해 나를 말하고, 나를 들여다본다. 그리고 그 틈으로 타인을 들이고, 타인의 아픔도 흘려보낸다. 찢김은 나의 결함이 아니라, 내가 세상과 맺는 방식이다. 갈라진 잎이 있어야 빛이 든다. 갈라진 마음이 있어야 사람이 들어온다. 찢긴 자리, 결코 흉이 아니다. 그것은 내가 여전히 살아 있는 증거이고, 여전히 배워가는 존재임을 보여주는 문장이다.
그러니 오늘도 나는, 조금 찢긴 나를 사랑하며 산다.
그 틈으로 당신이 스며들 수 있도록.

어디쯤
가을

이별 후,
시간은 파편처럼 흩어지고
잔해 속 슬픔엔
잔영이 기억의 그늘을 드리운다

발등 위로 무겁게 내려앉은
오늘의 그림자

낙엽은 허공을 휘날리고
찬바람은 마지막 남은
꽃잎 속으로 아프게 스며든다

어두운 그대의 기침 소리

우리는 우리에게서
너무 멀리 떠나왔구나

저만치 서 있는 계절의
뒷모습을 바라보며

부모와 자식,
그 중간의 거리

부모와 자식 사이는, 가까울수록 숨이 막히고 멀어질수록 마음이 허전하다.

서로가 숨쉴 수 있는 거리를 찾아야 한다.

시절이 흐른 강을 가로질러 간극을 찾았다.

풋풋하던 시절의 나는 부모와 나 사이의 거리를 재지 않았다.

부모의 삶을 당연하게 내 곁에 두었고,

내 마음속의 모든 문을 열 수 있다고 믿었다.

하지만 시간의 강을 건너면서

모두 열어두는 것이 나를 지치게 한다는 걸 알았다.

자식과 부모 사이의 거리는,

마치 여름날의 창문처럼 열었다 닫았다 해야 한다.

바람이 필요할 때는 활짝 열어 햇빛을 들이고,

비바람이 들이칠 땐 잠시 닫아 마음을 보호해야 한다.

부모의 삶도, 자식의 삶도, 각자에게는 독립된 계절이 있다는 것을.

계절이 다를 때 억지로 맞추려 하면,

날씨가 망가지듯 관계도 금세 흐려진다.

그래서 나는 부모와의 대화를 조금 덜 하고,

대신 목소리를 더 오래 듣기로 했다.

조언보다는 웃음을, 설교보다는 함께 먹는 밥 한 끼를 남기기로 했다.

부모와 자식의 거리는,

측량기로 재는 것이 아니라
서로의 마음이 편안해지는 곳에서 멈추는 것이다.
뿌리 깊은 나무가 쓰러지지 않듯 가족이 오래 머무를 수 있는.

소고기뭇국

"참기름 두 숟가락을 냄비에 두르고, 쇠괴기 한 움큼을 중불에 달달 볶아. 간장은 병아리 오줌만큼 넣어야 해. 콩나물을 넣고 다시 간장을 조금 더 넣은 다음, 무를 넣고 물이 자박하게 나올 때까지 기다리면 돼. 다음 물을 적당히 붓고, 소금을 엄지손가락 두 마디 정도 넣고 간을 맞추면 돼."

어머니가 만들어주시던 소고기뭇국은 세상 어떤 음식보다도 맛있었다. 명절 때는 물론이고 가끔 자식들이 고단하다 싶을 때면 어김없이 끓여내어 밥상을 차려주었다. 우리 여섯 형제는 당신의 음식을 먹으며 다시 용기를 냈고 세상을 살아갈 힘을 얻었다.

어머니는 연일 정(鄭)씨로 감포 인근 전동이라는 집성촌에서 부잣집 막내로 태어났다. 하지만 그때만 해도 남존여비 사상이 만연하여 딸자식은 학교 문턱에도 가지 못했다. 당신은 스물두 살에 혼인하면서 논 세 마지기와 밭 두 마지기를 가지고 왔다.

한글을 배우고 싶은 마음에 어머니는 초등학교 다니는 나에게 가르쳐달라고 했다. 방바닥에 공책을 놓고 연필로 연습하던 어느 날, 뜬금없이 농짝 문을 열고 뭔가를 꺼냈다. 아버지와 결혼할 때 들고 온 문서 같은 것이었다. 한자로 써 있었지만, 당신이 기억하고 있는 것을 알려주었다.

"내가 죽거든 꼭 잊어버리지 말고 내 무덤에 넣어야 한다. 그래야 저

승에 가서 너희 아버지를 찾을 수 있다."

누구누구가 결혼하며 지참금과 농토를 같이 보낸다는 내용의 문서로, 비단 주머니에 고이 싸여 있었다. 그때 장만해온 수의도 함께 보여줬다. 덕분에 당신이 하늘나라로 가실 때 하나도 빠뜨리지 않고 정리할 수 있었다.

아버지는 당시 고등학교를 나온 인재로 공무원이었다. 내가 초등학교 때 동네 사람에게 들은 말로는 지금 살아 계셨으면 최소한 우체국장은 했을 거라고 했다. 재산이 많았지만, 할머니가 일제 강점기에 아들을 징용 보내지 않으려고 논밭을 다 팔았다. 그러나 아버지는 내가 세 살 때 돌아가셔서 얼굴을 모른다. 이후 어머니는 먼 동네까지 리어카를 끌고 가 생선 장사를 해서 우리 남매를 먹여 살렸다.

생전 아버지 모습은 사진으로 남아 있다. 감포읍사무소 앞에서 야구복을 입고 글러브와 배트를 들고 있는 장면이다. 언뜻 보아도 당시 어떻게 살았는지 짐작되었다. 사진에 펜으로 써놓은 한자는 무슨 내용인지 몰랐는데, 어린 내가 봐도 멋있게 보였다. 그렇지만 나는 자라는 동안 내내 아버지가 원망스러웠다. 자식을 먹여 살리기 위해 혼자서 힘들게 일하는 어머니 때문이었다.

장사 때문에 어머니는 설날과 추석에만 겨우 쉴 수 있었다. 부엌에서 음식 하는 모습을 볼 수 있는 날이었다. 정성스럽게 끓여내시던 소고기 뭇국 맛은 해가 바뀌어도 한결같이 부드럽고 깊고 따뜻했다. 가족 모두가 두 그릇씩 비워낼 만치 맛이 있었다.

작은 집에 저녁이 내려앉았다. 식탁 위에는 밭에서 거둔 채소로 만든 반찬이 올랐다. 소고기뭇국에서 피어오르는 김은 하루의 피로를 가만히 풀어내듯 따스했다. 말은 거의 없었다. 숟가락이 오가며 소리가 났을 뿐인데, 귀를 스친 작은 파동마저 서로를 안심시키는 숨결 같았다.

음식이 입안에 퍼질 때, 묵직하게 쌓여 있던 마음의 벽이 조금씩 부드러워졌다. 오래 말하지 않아도 알 수 있는 기분이, 식탁 위에 조용히 놓여 있었다. 짧은 저녁은 그렇게 흘러갔다. 특별한 일은 없었지만, 함께 앉아 있다는 사실만으로 하루가 단단해졌다. 늘 가족으로 이렇게 살고 싶었다. 마음이 소박하게 다가오는 평범한 순간을.

명절이 끝나면 당신은 이내 리어카를 몰고 나갔다. 자식들이 하루 벌 수 있는 금액을 드린다고 해도 혼자 힘으로 살아야 한다며 쉬지 않았다. 새벽 일찍 나가실 때는 양은 솥 가득 국을 끓여놓았다.

어머니는 끝내 글을 읽지 못했다. 하지만 당신은 삶을 통해 모든 것을 가르쳤다. 장사를 하며 육 남매를 키워낸 것은 강인함이었다. 포기하지 않는 용기와 나태하지 않아야 한다는 걸 몸소 보여준 덕분에 우리는 사회에 나가서 저마다 중요한 일을 할 수 있었다.

추석날, 어머니를 생각하며 손수 소고기뭇국을 끓인다. 참기름 두 숟가락을 냄비에 두르고, 쇠괴기 한 움큼을 중불에 달달 볶아, 간장은 병아리 오줌만큼 넣고, 콩나물도 빠뜨리지 않는다. 그런 다음 간장을 섞고, 무를 넣은 후 물이 자박하게 나올 때까지 기다린다. 마지막으로 적당하게 물을 부은 다음 소금으로 간을 맞춘다. 한 그릇씩 나누어준 국을 먹으며 형과 누나들은 예전 어머니가 끓인 맛과 비슷하다며 칭찬을 아끼지 않는다.

가족들이 다 모인 자리에 이제 어머니는 없다. 평소 당신이 끓여주던 소고기뭇국만이 밥상 위에 올려져 있다. 하지만 우리는 안다. 당신은 언제나 우리 곁에 있다는 것을. 명절 때나 삶이 힘들 때면 어김없이 소고기뭇국처럼 가만히 우리를 위로해준다는 것을.

이웃이라는
풍경

이웃은 나의 삶 속에 매일 등장하지만, 한 번도 주인공이 된 적이 없다.

아침마다 엘리베이터에서 마주치는 얼굴,

현관 앞에 놓인 택배 상자,

담장 너머로 들려오는 웃음소리나 TV 드라마의 대사.

그들은 나의 하루에 몇 초 동안 스쳐 지나가지만,

작은 찰나들이 이어져 하나의 장면이 된다.

이웃과 나 사이에는 묘한 거리가 있다.

친구처럼 깊지도,

전혀 모르는 사람처럼 멀지도 않다.

필요할 때만 열리는 얇은 문과 같아서,

문이 열릴 때면 의외로 따뜻한 공기가 흘러든다.

어느 겨울, 옆집 할머니가 내게 귤 한 봉지를 건넸다.

그날 나는 별다른 말 없이 문을 닫았지만,

귤껍질을 벗기는 동안

온기가 손끝에서 마음으로 전해졌다.

가까이 사는 사람들의 호흡은 언제나 그 빛깔이었다.

큰 말이나 긴 만남 없이,

작은 온기를 나누는 일.

나는 종종 생각한다.

이웃이란, 나의 하루를 조금 덜 고독하게 만드는 익명의 동행자라고.

서로의 사정을 깊이 묻지 않으면서도,
필요할 때는 문을 두드릴 수 있는 존재.
이웃이라는 풍경은,
창문 너머로 보이는 나무처럼
늘 그 자리에 있지만, 계절마다 달라진다.
바람결 같은 변화가 내 일상의 한 부분이 되어,
오늘도 나는 이곳에 산다.

관계,
서로를 비춰주는 거울

산길을 걷는다. 나무들의 가지는 서로 닿지 않고 일정한 간격을 두고 자란다. 수관 사이에 마치 지그재그로 선을 그리듯 틈이 있다. 서로의 공간을 침범하지 않고 햇빛을 효율적으로 받기 위해서다. 각자의 자리를 지키면서도 다른 잎들을 배려하는 것이다.

사람은 홀로 살아갈 수 없다. 하루하루 다양한 관계 속에서 삶을 이어간다. 아침에 잠에서 깨어 첫인사를 나누는 가족, 출근길을 스쳐 지나가는 낯선 사람들, 직장에서 마주하는 동료들, 그리고 퇴근 후 한잔 술을 나누는 친구까지. 이 모든 이들과 만남이 삶에 깊숙이 녹아 있다. 이러한 관계들은 힘이 되기도 하지만, 그 무게에 짓눌리기도 한다.

얼마 전, 사진 그룹전에 참가했다. 사진 가르치는 선생님께서 하신 "관객과 하객은 다르다."라는 말이 마음속에 깊이 각인되었다.

모두 특정한 순간에 참석하지만, 역할과 목적은 다르다. 관객은 주로 공연이나 행사의 수동적인 감상자로, 일정한 거리를 두고 그 장면을 바라보는 사람들이다. 예술적 또는 지적인 즐거움을 얻기 위해 참석하며, 개인적인 관계보다는 경험 그 자체에 더 중점을 둔다.

반면 하객은 결혼식이나 장례식 같은 행사에서 특별한 이유로 초대받은 사람들로, 그들의 존재 자체가 주인공과 깊은 관계를 맺고 있음을 의미한다. 하객은 단순한 참여자가 아니라 그 순간의 감정을 함께 나누고 기쁨 또는 슬픔을 공감하는 존재이다. 공감을 통해 '관계'라는 본질을 더욱 느끼게 한다.

관객은 경험을 소비하는 역할을 하지만, 하객은 그 순간을 함께 살아가는 사람이다. 이 차이는 결국 우리가 삶의 중요한 순간을 어떻게 바라보고, 누구와 그 순간을 나누고 싶은지에 대해 깊은 질문을 던지게 만든다.

사회생활로 만나는 사람들 속에서, 특히 무언가를 함께 이루어내는 순간들에서 그렇다. 동료와 협력해 하나의 프로젝트를 완성할 때, 혹은 사랑하는 사람과 말없이 눈을 마주치고도 서로를 이해할 때, 그 안에서 느껴지는 관계의 힘은 강렬하다. 눈에 보이지 않지만 마치 공기처럼 우리를 감싸고 있다. 마음이 맞지 않아 분위기가 탁하면 삶도 숨이 막힌다.

사람을 만난다고 해서 모든 게 긍정적인 것은 아니다. 친하게 지내는 친구와 대화를 나누면서, 걱정되는 한 친구에 대해 우려의 말을 했다. 마음을 담아 진심 어린 말로 건넨 이야기를 다른 친구에게 반대의 의미로 전달해버렸다. 이해하고 위로한다는 말이 비방하는 말로 바뀌어버린 것이다. 그렇게 되자 믿음이 사라져 급기야 만나지 못할 지경이 되고 말았다.

비방을 전달받은 다른 친구를 만나 자초지종을 말했다. 조용히 내 말을 들으며 고개를 끄덕였다. 이야기하면서 나도 모르게 마음이 편안해졌고, 머릿속에 엉킨 생각들이 하나둘 풀어지기 시작했다. 다른 말을 하거나, 해결책을 제시하지도 않았다. 따뜻한 눈으로 지긋이 손을 잡아주었다. 비방한 친구에 대한 말도 없었다. 그저 내 이야기를 있는 그대로 들어주고, 충분히 괜찮다는 것을 느끼게 해주었다.

관계는 단순히 사람과 사람 간의 연결이라고만 생각했다. 친밀함은 의무와 책임이 따르는 것이라 여겼고, 그만큼 부담스러웠다. 때로는 무거운 짐처럼 다가왔고 맺는다는 것이 나를 구속하는 것으로만 보였다. 하지만 시간이 지나면서 관계가 단순히 나를 억누르는 존재가 아닌, 자신을 성숙하게 만드는 중요한 요소임을 깨달았다. 일방적인 것이 아니라, 주고받는 상호작용 속에서 서로에게 영향을 미치고, 그 속에서 나 자신을 새롭게 발견한 것이다.

관계의 힘은 어디에서 나오는 걸까? 그 답은 서로를 온전히 이해하려는 노력, 상대방의 고통과 기쁨을 함께 느끼려는 게 핵심이다. 우리는 서로 다른 환경에서 자라고, 각자의 경험과 감성을 가지고 있다. 따라서 완전한 이해는 불가능할지 모른다. 그런데도 늘 역지사지의 심정으로 상대방을 대할 때 관계는 깊어지게 된다.

많은 것을 배운다. 때로는 상처받고, 때로는 깊은 위로를 받으며 우리는 성장한다. 관계는 단순히 사람과 사람을 이어주는 끈이 아니라, 삶을 지탱해주는 힘이자 살아가게 만드는 원동력이다. 서로가 서로에게 기대면서 공동체를 형성한다.

타인을 지옥이라 부르는 말도 있지만, 내겐 빛이 스며드는 창이다. 그 창을 통해 우리는 서로의 하늘을 본다. 마치 "가고 오는 것이 인생이니, 만나고 헤어지며 또한 사라지나니."라고 노래했듯, 관계 속에서 만나고 헤어지며, 모든 순간이 삶을 완성해간다. 관계는 언제나 우리 곁에 존재하며 서로의 성장을 돕는 중요한 요소이다.

가지들 사이로 비치는 햇살이 따사롭다. 저 나무들처럼 타자를 배려

하며 살아간다면 세상엔 증오나 갈등, 전쟁 등은 사라질 것이다. 세계 곳곳에서 일어나는 전쟁과 분쟁의 당사자들이 나무에서 공존의 철학을 배웠으면 좋겠다.

키스

비 오는 아침, 커피 볶는 향기가 코로 훅 들어왔을 때 걸음의 속도를 줄이고, 나도 모르게 가게 안을 흘깃 들여다보듯, 그림은 나에게 그렇게 다가왔다.

<키스> 그림을 처음 본 것은 미술대 입시 준비를 하는 동네 형의 집이었다. 중학생인 나는 그림을 처음 본 순간 황홀하다는 느낌을 받았다. 황금색 치장은 하늘의 신처럼 아름답고 성스러웠다.

황금의 화가로 불리는 구스타프 클림트(Gustav Klimt, 1862~1918)는 오스트리아 태생이다. 대표작으로는 <키스>, <유디트>, <아델레 블로흐-바우어의 초상> 등이 있다. 그의 장식적 스타일과 혁신적인 구성, 색채 사용의 상징주의적 접근은 아트 데코(Art Deco), 초현실주의(Surrealism), 그리고 현대 미술에 이르기까지 다양한 예술 사조에 영향을 주었다. 또한 아르누보(Art Nouveau)와 빈 분리파(Wiener Secession) 운동과 깊이 연관되었다.

이미지는 즉각적이고 즉흥적이다. 그것은 단번에 우리의 시선을 끌고, 연상 작용으로 머릿속을 채운다. 사물을 보는 순간, 섬광과도 같은 짧은 시간에 실시간으로 떠오르는 경우가 대부분이다. <키스>를 보는 순간이 그랬다. 그렇게 구스타프 클림트의 그림은 나에게 다가왔다. 그때 이후 좋아하는 그림을 말하라면 누가 뭐라고 해도 단연코 <키스>였다.

유럽의 첫 여행지는 동유럽이었다. 단 하나 <키스>를 보기 위해서 2년이라는 시간 동안 경비를 모으며 준비했다. 도착한 오스트리아 빈 공항 공중전화 부스에는 그림과 함께 이런 문구가 있었다.

"클림트의 키스를 보기 전에는 오스트리아를 떠나지 마라."

오스트리아 국민의 클림트에 대한 자부심이 얼마나 대단한지를 알려주는 대목이다.

"클림트의 키스를 보고 싶으세요. 그러면 비엔나로 오세요. 절대 다른 곳에서 볼 수 없습니다." 지나가는 차량에 부착된 문구를 읽는다.

실제 클림트의 <키스>는 오스트리아를 떠난 적이 없다. 자부심이 가득한 오스트리아 국민이 허락하지 않기 때문이다.

벨베데레 궁전 상궁은 오스트리아 현대미술품, 하궁은 중세, 바로크 미술품으로 나눠진다. <키스>를 보러 상궁으로 향하는 발걸음은 기대와 설렘으로 가득했다.

"와아!"

그림을 실제 본 순간 감탄사가 절로 나왔다. 동공은 크게 열리고 입은 다물어지지 않았다. 직접 만나는 그림은 황홀감으로 가득했다.

'저 미려한 곡선과 채색, 그리고 문양의 조화라니!'

사랑에 빠진 사람은 그 자체로 얼마나 아름다운지, 찬란한 황금색 의상을 입은 한 쌍의 남녀가 꽃밭 위에서 키스한다. 연인만 있을 뿐 세상은 방해하지 않으려고 고요하다. 화면 전체가 뇌쇄적인 금빛과 아름다운 꽃으로 장관을 이루고, 남자의 머리와 구부린 목선, 사뿐히 접힌 여인의 다리와 발꿈치만 보인다. 장식적이고 정교한 클림트만의 독특한 문양은 화려하고 아름다웠다.

그림 속 주인공 남자는 그리스·로마 신화의 주인공 '제우스'이고 여자는 그의 부인 '헤라'이다. 신화 속 제우스와 헤라가 키스하면 그 동산에 있는 꽃이 일제히 활짝 핀다는 신화를 바탕으로 그려졌다. 화려한 색채 속에 분리된 비잔틴 모자이크화를 형상화한 것이다.

독신으로 살면서 클림트가 평생 사랑한 연인은 에밀리 플뢰게다. 클림트의 뮤즈이자 동반자였으며, 패션 디자이너로 예술적 협력과 깊은 우정으로 가득했다. 그녀를 사랑한 그는 <키스> 그림에도 자신과 플뢰게의 관계를 상징적으로 표현하였다. 가장 유명한 초상화 중 하나인 <에밀리 플뢰게의 초상>도 그녀를 그린 그림이다.

<황금빛 색채의 비밀-구스타프 클림트 레플리카*展>을 울산도서관에서 진행한다. 전시 첫날, 도슨트의 해설을 들었다. 다시 보는 클림트의 그림 세계는 화려함 뒤의 '끌림'이 있다. 그것은 죽음이다. 살아가면서 늘 죽음에 대한 공포가 엄습했던 클림트는 그림을 통해 무의식과 몽상의 세계를 보여준다.

'네가 있어야 내가 있다.'

<키스>의 백미는 여인의 발끝이다. 꽃이 만발한 초원 위에 살짝 닿아 있으며, 이는 사랑의 절정과 전부를 다하는 헌신을 상징한다. 위치는 그림의 균형을 잡아주고, 남성의 강한 포옹과 대조를 이루며 여성의 우아함과 섬세함을 강조한다. 이러한 디테일은 그림 전체에 감성적 깊이를 더해준다. 입맞춤에 꽃피는 동산은 화려하게 일자로 펼쳐져 있다. 낭떠러지 위에서 삶과 죽음을 교차하는 사랑이기에 더 빛이 난다는 건 나만의 생각인지.

벚꽃이 흐드러지게 핀 날, 나무 아래서의 첫 키스는 복숭아 향이 났

다. 봄의 벚꽃이 새로운 시작을 상징하듯, 그림 속 키스를 보며 영원하기를 바랐던 사랑과 기대는 꽃의 짧은 생명처럼 덧없이 지나갔다. 가물거리는 얼굴을 한 예쁜 그녀는 지금 어디에 살고 있을까?

* 그림이나 조각을 원작자 수준으로 만든 사본.

한 번도 만나지 못한
사람에게

나는 당신을 한 번도 만나지 않았다.

그럼에도, 당신은 내 하루 속에 오래 머물러 있다.

우연히 읽은 한 문장,

라디오에서 흘러나온 목소리,

빛이 다른 창을 거쳐 들어오듯

흩어진 조각들이 모여 내 안에서 하나의 당신이 되었다.

직접 보지 않은 얼굴은 상상 속에서 더 선명해진다.

표정, 웃음, 걸음걸이까지

나는 마음속에서 수십 번 그려왔다.

그림은 틀릴 수도 있지만,

틀림없이 나에게만 유효한 초상이다.

한 번도 만나지 못한 사람에게는,

섣부른 기대나 실망이 없다.

별이 지고 난 하늘에 빛의 흔적이 머물 듯

울림으로 남는다.

마치 멀리서 들려오는 종소리처럼,

소리가 잦아들어도 마음속 어딘가에서 계속 맴돈다.

어쩌면 우리는 만나지 않음으로써

서로를 가장 깨끗하게 간직하는지도 모른다.

닿지 않는 두 강물처럼, 서로에게 스며들지 않았기에

상처받을 일도 없었을 테니까.
오늘도 나는
당신을 만나지 않은 채로,
당신에게 말을 건다.
이렇게 쓰는 동안만큼은
서로의 시계가 같은 박동을 가진다고 믿으며.

퍼즐이라는 사회의
다양성

햇살이 강물 위로 비치자, 꽃들은 잠에서 깨어난다. 붉고 푸른 양귀비꽃이 바람에 흔들린다. 보랏빛 수레국화, 하얀 안개꽃은 이슬을 먹어 소담스럽다. 희고, 붉고 분홍인 작약은 장미와 함께 계절을 수놓는다. 저마다의 꽃들이 자태를 뽐내며 태화강 국가 정원을 이룬다.

파란 하늘 아래, 햇빛이 포옹하는 구름은 주황색으로 둥둥 떠다닌다. 해오라기 날아가는 강변 위로 물오리가 한가하다. 십리대밭은 바람의 간지럼에 스르륵 스르륵 웃는다. 둑길을 걸으며 바람이 실어 나르는 향내를 쫓아 코를 킁킁거린다. 태화강 십리대숲을 안고 있는 남산에서 뿜는 아카시아꽃 향이다. 이밥꽃들은 몽우리마다 흰 쌀밥을 고봉으로 담아 내놓는다. 눈을 돌리니 노부부가 손을 잡고 돌다리를 건넌다. 그 너머엔 보랏빛 수레국화가 눈웃음을 한다. 하늘과 강과 대나무와 새들과 꽃들과 바람과 사람이 어우러진 태화강 국가 정원은 한 폭의 그림 같다.

꽃들처럼 우리 사회도 다양한 사람들로 구성되어 있다. 숱한 직업에 종사하는 사람들, 저마다의 개성을 가진 이들, 각계각층의 사람들, 국적이 다른 이들이 어울려 살아간다. 그것을 다양성이라 부른다.

최근 사회적 갈등이 심화하고 있다. 사회 전반에 만연된 양극화 현상이 그것이다. 신세대와 기성세대, 가진 자와 못 가진 자, 다문화가정 차별 등 여러 방면에서 대립이 심화된다. 이런 사태는 모두 자기만의 주장이 옳다고 여기는 이기주의 때문이다. 어쩌면 승자독식 교육의 결과인지도 모른다. 이러한 현상을 전체라는 틀 안에서 어떻게 하나로 아우르느냐가 중요한 과제가 되었다.

배움은 단순히 지식을 습득하는 과정이 아니다. 참된 배움은 인간이 자기 자신을 향해 던지는 근원적인 물음에서 비롯된다. 무엇을 알고, 무엇을 할 수 있는가보다 더 근본적인 것은 "어떻게 살아야 하는가"라는 물음이다.

그러나 사회는 종종 이 질문을 억압한다. 전통과 규율, 체제의 권위는 이미 정해진 답을 요구하며, 틀에 맞지 않는 사고를 불온하게 여긴다. 자유롭게 사유하고 창조하려는 시도는 위협이 되고, 감히 꿈꾸는 자는 주변으로부터 고립된다. 결국 일부는 그 무게를 견디지 못해 스스로 꺼져버린다.

그럼에도 불구하고 사유는 멈추지 않는다. 낯선 질문을 던지는 행위는 억압의 벽을 넘어서는 인간의 본능이다. 단순한 예술 활동이 아니라, 존재가 스스로를 증명하고자 하는 방식이다. 자유로운 상상력은 곧 자기 존재의 가능성을 확인하는 길이다.

삶은 언제나 압력과 저항의 장 속에서 이루어진다. 사회적 압박은 인간을 순응하게 만들지만, 동시에 그것이야말로 진정한 자유를 요청하는 목소리를 키운다. 인간은 체제의 규율 속에 묶여 있으면서도, 끝내 자신만의 노래를 부르고자 한다.

진정한 교육은 바로 그 지점을 향해야 한다. 지식을 주입하는 것이 아니라, 사유를 일깨우고 자유를 감당할 용기를 키우는 것. 억압 속에서도 자기 삶을 스스로 선택할 수 있는 힘을 길러내는 것. 그것이야말로 인간이 인간답게 살아가기 위한 가장 깊은 배움일 것이다.

여러 모양의 조각들이 모여 하나의 퍼즐을 완성하듯, 다른 생각들을 받아들인 이해와 배려는 삶의 여러 측면에서 중요한 개념이다. 하나의 제품은 수백, 수천 개의 부속과 공정으로 이루어진다. 그렇듯 사회도 마찬가지다. 한 가지 꽃만 피어 있다면 태화강 국가 정원이 저렇게 아름다울 수 있을까.

퍼즐 조각 하나하나처럼 작은 것들이 모여 하나의 그림을 이루는 순간, 매듭처럼 얽혀 있는 문제들이 쉽게 풀리지 않을까. 갈등과 반목, 오해와 증오들이 사라지고 그 자리에 이해와 사랑, 포용이 심어진다면 우리 사회는 더 밝고 건강해지리라.

국가 간의 관계에서도 마찬가지다. 하나의 민족을 내세우던 시대는 지나갔다. 정보화시대인 현재는 어느 나라든 개별적으로 존재하지 못한다. 끊임없이 교류하며 상호존중을 인정할 때 비로소 공존할 수 있다.

오케스트라는 수십 개에서 수백 개의 악기와 연주자가 모여 앙상블을 이룰 때 아름다운 음악을 연주할 수 있다. 한 편의 영화는 수천, 수만 개의 영상으로 편집된다. 그림도 마찬가지다. 여러 개의 색채가 서로 스며들면서 한 폭의 이미지를 만들어낸다. 개별적인 걸 추구하되 전체를 위해 조화를 이루는 것이 무엇보다 중요함을 알게 한다.

태화강 국가 정원을 걸으며 조화에 대해 생각한다. '나'이면서 '남'인 것, '남'이면서 '나'인 것, 같으면서 다르고 다르면서 같은 것, 하나가 여럿이 되고 여럿이 하나가 되는 것. 그래서 자연은 아름답다. 정원의 품 속으로 조금 더 깊숙이 들어가본다.

3부
/
나의 얼굴

몸이
말하는 것

몸은 말이 없다.

침묵 속에서 끊임없이 신호를 보낸다.

나이테가 쌓이자 신호들은 선명한 울림으로 새겨졌다.

아침에 일어났을 때 무릎이 뻣뻣하다는 감각,

작은 상처가 예전보다 오래 아물지 않는 속도,

한 계단 오르내릴 때 가슴이 보내는 미세한 박동의 변화.

젊을 땐 몸의 언어를 소음처럼 흘려보냈다.

밤을 새워도, 끼니를 거르거나 무리해도

묵묵히 따라와주었으니까.

하지만 이제 몸은 나의 부름에 응답하지 않는다.

대신, 나를 천천히 걷게 하고

더 자주 쉬게 하며 나를 돌보게 만든다.

몸의 변화는 불편함이 아니라 일종의 가르침이다.

예전에는 미처 보지 못했던 풍경을 보게 하고,

놓쳤던 숨소리를 듣게 하고,

작은 계절의 변화를 감각하게 한다.

몸이 보내는 신호를 들으며

닫혀 있던 창이 열리듯 마침내 본다.

건강이란 병이 없는 상태가 아니라,

몸과 대화를 나눌 수 있는 상태라는 것을.

거울 앞에 서면, 세월이 남긴 흔적들이 보인다.

얼굴의 주름, 희어진 머리카락, 낮게 내려앉은 어깨.

흔적들은 나에게 묻는다.

'그동안 어떻게 살아왔느냐?'고.

질문에 답하려면,

지나온 길 위에 몸과 마음이 흘려놓은 흔적을 바라보아야 한다.

서늘한 가을빛의 문턱을 넘어온 몸은, 나를 조용히 단련시키는 스승이다.

스승의 말 없는 가르침에 기대어

더 느리고, 더 깊게, 더 오래 살아가려 한다.

"지혜는 상처를 견딘 자리에 남은 빛이다. 고통이 사라져도 빛은 오래 남는다."

등 굽은
국밥

구수한 냄새가 건널목을 건너온다. 시장기 도는 코가 그걸 먼저 감지한다. 머릿속으로는 마무리하지 못한 일을 어떻게 해야 할까? 생각하는 사이, 시장 안으로 들어선다. 멸치 다시물 냄새, 고소한 튀김 냄새, 매운 떡볶이 냄새가 섞여서 군침을 돌게 한다.

비닐로 씌워진 순대와 솥에서 끓고 있는 뽀얀 국물이 눈에 들어온다. 두 평 남짓한 포장마차형 식탁에는 먼저 온 손님 여럿이 국밥을 먹고 있다. 예나 지금이나 여전히 할머니는 분주하다. 점심시간이라 작업복 입은 사람은 보이지 않는다. 눈을 마주치며 가볍게 목례하고 의자에 앉는다.

보글보글 끓어 넘치는 국밥이 푸짐해 보인다. 뚝배기에는 한입에 먹기 좋도록 먹음직스러운 고기가 가득 들어 있다. 무언가 모를 따뜻함과 평안함이 마음을 감싼다. 허겁지겁 먹는 우리를 본 할머니는 따뜻한 국물에 고기를 데워 한 국자 가득 뚝배기에 담아준다. 웃돈도 받지 않고 덤으로 주는 바람에 다시 한 그릇이 되었다. 그러면서도 다른 손님이 볼까봐 순대를 수북하게 담은 접시를 소리 없이 내놓으신다.

고등학교 진학을 하면서 감포에서 울산으로 통학을 하게 되었다. 시장통에서 생선 장사를 하던 엄마는 피곤한 몸으로 아들을 위해 아침마다 라면을 끓였다. 한숨이라도 더 자야 한다며 뜨거운 음식을 잘 못 먹는 나를 위해 끓인 라면을 물에 식혀, 떠먹이듯 턱 아래 놓았다. 걱정하는 당신을 생각해 국물까지 남김없이 먹었다.

삼 개월이 지나자 뒷바라지하던 엄마가 몸져누웠다. 울산에 사는 누나는 자취를 시키라고 엄마를 설득했다. 처음으로 집을 떠나는 날, 막내아들을 보내기 싫었던 당신은 버스에 올라 객지 생활에 대한 주의사항을 몇 번이고 당부했다. 버스가 출발하고 난 뒤에도 오래 손을 흔들던 모습은 아직도 눈에 선하다.

엄마는 오매불망 객지에 간 아들 전화만 기다렸다. 하지만 철부지였던 나는 보고 싶다고 집으로 오라는 당신 전화를 받으면 친구 만난다, 바쁘다며 이런저런 핑계를 댔다. 그러다 고등학교 졸업하고 얼마 뒤 엄마는 하늘나라로 가셨다. 온 세상이 암흑이었다. 몇 날 며칠 잠을 자지 않고 먹지도 않았다. 잘못했던 것들이 화살처럼 날아왔고 눈물이 마르지 않았다. 허허벌판 혼자 서 있는 나무처럼 외롭게 느껴졌다.

군대 가기 전, 조선소 하청업체에 들어가 일을 했다. 그때 출출한 배를 달래기 위해 찾았던 곳이 이곳 국밥집이었다. 여러 가게가 즐비했지만 딱 한 군데가 인상 깊었다. 국밥 한 그릇으로 허기진 배를 채우고 나면 힘든 현장 일을 모두 잊을 수 있었다. 제대한 후 안정된 직장으로 취업해야 한다 생각하고 H사 정규직 입사 시험에 합격하게 되었다. 대기업 근무는 여러 가지로 신경 쓰는 일이 많아 자연 시장 출입을 하지 못했다.

얼마 전, 갑자기 국밥이 생각나면서 이곳을 찾아오게 되었다. 34년의 세월이 흘러 혹시나 했지만, 국밥집은 예전 그대로였다. 변한 게 있다면 시장 노상에서 가게 전부가 건물 안으로 들어왔을 뿐이었다. 할머니는 풋내 나는 총각에서 손자를 둘이나 둔 나를 기억하지 못했다. 옛날얘기를 하자 그제야 알아보고는 반가워 어쩔 줄 몰라 했다.

젊은 아낙이었던 고운 얼굴엔 잔주름이 가득하다. 꼿꼿하던 허리는 굽었고 토렴하는 주름진 손목에는 보호대가 채워져 있다. 강산이 세 번이나 변하는 시간 속에서 그녀도 나처럼 숱한 우여곡절을 겪었을 것이다. 뽀얀 국물의 한 그릇 국밥이 만들어지기까지 거쳐야 했을 수많은 과정처럼, 저 굽은 등으로 지나갔을 파란만장을 생각해본다.

엄마는 평생을 생선 장사하며 남편 없이 자식들을 키워냈다. 어쩌면 나는 할머니 모습에서 힘들 때마다 내 삶의 버팀목이자 중심이었던 엄마를 보았는지도 모른다. 그래서 더 애틋하고 만나고 싶었는지도.

어느새 비워진 뚝배기를 두 손으로 가만히 잡는다. 아직도 따뜻한 온기가 남아 있다.

빛을 잃고,
읽는 법을 배운다

책을 읽는다는 건 단순히 눈으로 문장을 따라가는 일이 아니었다. 빛이 내 안을 통과해 마음의 결을 드러내는 일이었다. 나는 그것을, 당연하게 켜져 있던 시야의 등불이 희미해지는 날에야 비로소 알게 되었다.

일 년에 백 권의 책을 읽겠다고 마음먹은 지 어느덧 오 년. 누군가에겐 그저 숫자일지 몰라도, 나에겐 하나의 계절이었고 하나의 방이었고 하나의 언어였다. 책장을 넘기는 일은 세상과 나 사이의 숨을 맞추는 일이었고, 내 마음의 물비늘을 하나씩 벗겨내는 의식이었다.

그러던 올여름, 칠월의 저녁이 천천히 저물 무렵이었다. 책을 읽던 내 오른쪽 눈에 그림자가 번졌다. 물속에서 본 듯 문장의 테두리가 출렁였다. 익숙한 비문증이라 여겼다. 투명한 실핏줄 같은 잔상이 잠시 떠다니다 사라지곤 했으니까. '곧 나아지겠지.' 빛은 언제나 돌아왔으니까.

며칠 뒤, 잃어버린 안경을 새로 맞추러 안경원에 갔다. 도수를 재던 안경사가 조심스레 말했다.

"오른쪽 눈에 백내장 초기 증상이 보입니다."

흐린 시야의 이유일까? 병원에 가야겠다고 생각한 셋째 날, 책을 읽는데 문장의 왼쪽 끝이 보이지 않았다. 아침이면 괜찮겠지 했지만, 눈을 뜨자 글자가 아니라 시야의 한 귀퉁이가 꺼져 있었다. 그날 퇴근 무렵, 오른쪽 눈이 붉게 물들더니 마침내 빛은 나를 밀어냈다.

급히 찾은 안과의 진단은 '망막박리'. 다음 날, 나는 긴급 수술대에 누워 있었다. 생애 처음, 눈을 감지 않은 채 어둠을 맞았다. 빛이 꺼진다는 건 단지 앞이 보이지 않는 것이 아니라, 내가 알던 세상의 질감이 하나씩 무너져 내리는 일이었다.

"최악의 경우 실명할 수도 있습니다. 고개 들지 말고, 무거운 것도 들지 마세요."

의사의 말 이후, 숨조차 조심스럽게 쉬었다. 몸은 집이 아니라, 나를 붙들고 있는 유일한 자리였다.

그제야 알았다. 보는 일은 단순히 외부 세계를 확인하는 것이 아니라, 내 안에 무엇이 남아 있는지를 확인하는 일이라는 것을. 우리는 너무 쉽게 감각을 당연시한다. 물을 마시며 갈증을 잊고, 숨을 쉬며 생명을 의식하지 않듯, 보는 일 또한 지나쳐버린다. 하지만 눈은 빛의 그릇이고, 몸은 감각의 나룻배이며, 세상을 본다는 건 몸 전체로 느끼는 일이었다.

수술은 성공적이었다. 하지만 실명을 면할 뿐 예전의 눈으로 돌아오지 못했다. 물결처럼 일렁이는 시야, 초점의 흐트러짐, 가끔 찾아오는 그림자. 걸을 때마다 작은 멀미가 따라왔다. 그런데도 나는 이 불완전한 시야로 세상을 새롭게 읽기 시작했다. 책장을 넘기는 속도는 느려졌고, 한 문장을 여러 번 되짚었다. 그러나 그 느림 속에서 이전엔 놓쳤던 결들이 보였다. 접속사 하나에도 마음이 멈추고, 단어의 울림이 오래 여운을 남겼다.

책은 여전히 빛을 통해 눈으로 들어오지만, 이제 마음을 거쳐 다시 세상으로 나간다. 그 길 위에 나는 다시 앉는다. 불편하지만, 여전히 읽는다. 책장을 덮고 나서야 깨닫는다. 읽는다는 건, 종이 위를 걷는 일이 아니라 마음속에 잠겨 있던 창을 열어 빛을 맞는 일이라는 것을.

그리고 느낀다, 먼 길 끝에서 불빛 하나를 마주하듯 읽을 수 있다는 건 살아 있다는 가장 조용한 증거라는 것을.

어둠이 스미고서야, 나는 세상을 조금 더 천천히, 조금 더 깊게, 조금 더 섬세하게 바라보게 되었다. 이전보다 세상은 더 많은 색을 품고 있었고, 그 색들은 눈이 아니라 마음으로 보는 법을 가르쳐주었다.

나는 이제 빛을 보는 사람이 아니라, 빛이 지나간 자리를 읽는 사람이 되었다. 한때 눈으로만 확인하던 세계는 이제 마음의 촉각과 기억 온도로 다가온다. 어둠 속에서도 문장은 남고, 그 문장을 읽는 나 역시 남는다. 그렇게 나는 조금 더 느리게, 그러나 더 깊게, 세상을 바라본다.

어디쯤

푸른 심장에 울기만 하는 물고기 한 마리를 길렀다.

비린내 가득한 눈물을 모으면 언젠가 바다로 갈 수 있다고 믿으며 무수히 많은 날을 견뎠다.

온몸에 푸른 멍이 들더라도 끝내 닿아야 할 그곳, 어디쯤

슬픔과 분노와 차별과 고통과 이별이 없는 곳.

눈물이 부족해서 물고기는 아직도 나의 해변을 떠나지 못하고 있다.

어디쯤

거울 속의
느린 시간

아침마다 거울 앞에 선다.

세수를 마치고, 수건으로 얼굴을 닦으며

내 얼굴을 들여다본다.

거울은 변함없이 나를 비추지만,

나는 조금씩 변하고 있다.

젊은 날의 거울은 스쳐가는 순간을 비추는 창이었다.

머리 모양이 흐트러졌는지,

혹은 입가에 웃음이 잘 자리 잡았는지.

하지만 이제 거울은 하루가 아니라,

세월을 비추는 창이 되었다.

이마의 주름은 웃음과 찡그림이 겹쳐 만든 지도처럼 보인다.

눈가의 잔주름은 수많은 대화와 눈물의 흔적이고,

턱선은 조금 느슨해졌지만,

삶을 버텨온 힘이 고스란히 담겨 있다.

거울 속에서 시간은 직선이 아니라 곡선처럼 흐른다.

어제와 오늘이 부드럽게 이어지고,

이십 년 전의 내가 희미하게 겹쳐 보인다.

가끔은 거울 속 얼굴이 나를 바라보며 묻는다.

'그동안 잘 살아왔느냐?'고.

그 질문은 내 안의 시간을 멈추게 하고, 나는 침묵의 강에 잠긴다.

거울 속의 시간은 느리다.
느림 속에서 강물처럼 흘러간 나를 건져 올린다.
나를 조금 더 깊이 이해하게 된다.
얼굴은 완성된 것이 아니라,
여전히 쓰이고 있는 한 권의 책 같아서,
다음 장에 어떤 문장이 쓰일지 알 수 없다.
나는 오늘도 거울 앞에 선다.
시간의 손길이 남긴 흔적을 살피며,
흔적 속에서 나를 읽는다.

"믿음은 이유보다 오래 남는 확신이다. 의심의 바람 속에서도 꺼지지 않는다."

사월

꽃이 피면 슬픔도 같이 핍니다.
꽃이 지면 슬픔은 지지 않습니다.

잃어버린 것과
남은 것

살다보면, 손에서 흘러나간 것들이 있다.
날카로운 욕망, 한 번에 세상을 바꿀 수 있으리라는 확신,
밤새워도 끄떡없던 체력,
사소한 일에도 가슴이 뛰던 조급한 설렘.
그것들은 나를 먼 곳으로 데려갔지만,
그만큼 쉽게 사라지기도 했다.
대신, 남은 것들이 있다.
아침에 일어나 창문을 열었을 때 드는 작은 감사,
한 모금의 따뜻한 차가 목을 지나갈 때의 안도,
길 위에서 스치는 낯선 사람의 미소에
조용히 미소로 답하게 되는 마음.
젊은 날엔 잃는다는 것만으로도 두려움이었다.
무언가가 빠져나가면, 내가 비어버릴 것 같았다.
지금은 안다.
비워진 자리는 새로운 것이 들어올 공간이라는 것을.
고요가 들어오고, 나는 내 목소리를 듣게 되었다.
잃어버린 것들이 나를 가볍게 했고,
남은 것들이 나를 단단하게 했다.
그 둘이 합쳐져 지금의 내가 되었다.
완벽하진 않지만, 더 오래 버틸 수 있는 사람.

세월의 무늬가 몸에 새겨진다는 건,
쥐고 있던 것을 놓는 일인 동시에,
놓아야 할 것과 붙잡아야 할 것을
천천히 구분해가는 과정인지도 모른다.

"시간은 스스로 흐르지 않는다. 흐르는 건, 그 안에서 조금씩 소멸해
가는 우리다."

오만과
편견

한여름의 열기 속, 작업복은 땀으로 젖어가고 고장난 기계를 고치기 위해 동료들이 안간힘을 쓴다. 작은 고장은 금방 해결할 수 있지만, 큰 고장은 그렇지 않다. 일을 효율적으로 끝내려면 보이지 않는 역할 분담이 중요하다.

"아니, 그 방법으로는 시간이 더 걸린다고 몇 번을 말해!"

선배는 자신의 방식을 고집하며 늘 화를 냈다. 우리는 그의 성질을 일상처럼 받아들였다. 자연 사소한 다툼들이 자주 일어났고 그때마다 목소리를 높였다. 결국, 고장 수리 시간은 예상보다 두 배가 걸렸다. 늘 그랬듯, 본인의 경험을 근거로 삼아 옳다고 밀어붙였다. 새로운 접근 방법은 무시되기 일쑤였고, 다른 사람의 의견은 그저 방해물로 여겼다.

오만은 안개 속에 길을 잃는 것과 같다. 자신이 모든 것을 잘 알고 있다고 믿지만 결국은 방향을 잃고 헤맨다. 무시하는 행동으로 신뢰를 잃고 고립될 뿐만 아니라, 불쾌하고 부정적인 이미지로 충돌과 갈등을 일으킨다.

색안경을 끼고 보는 듯한 편견은 진실을 왜곡하고 상황을 제대로 이해하지 못한다. 새로운 경험과 받아들이는 걸 방해하여 좁은 시야에 자신을 가두게 된다. 있는 그대로 받아들이기 위해서는 틀에서 벗어나려는 노력이 필요하다.

"제가 드린 말씀이 맞지 않습니까?"

작업복을 갈아입으며 더이상 평정심을 유지할 수 없었다. 큰소리로 문제를 제기하자, 선배는 붉어진 얼굴로 나를 바라봤다.

새로운 프로젝트가 시작되면서 상황은 바뀌었다. 예산 문제로 인해 자재 입고 후, 장비 설치를 직접 해야 했다. 회의에서 선배는 또다시 자신의 방식을 주장했지만, 동료들이 따르지 않겠다고 단호히 거부했다. 평소처럼 화를 냈으나 이번에는 아무도 고집을 받아주지 않았다. 설비팀장이 충분히 경청한 뒤 진지하게 말했다.

"성공하려면 각자의 의견을 존중해야 합니다. 이번 프로젝트는 모두가 함께해야만 성공할 수 있습니다."

선배의 마음을 움직이기 위해 진실한 태도로 문제의 핵심을 말했다. 단순한 논리적인 근거나 기술적인 설득을 넘어, 그의 관점에서 감정과 상황을 이해하려는 노력을 더했다. 의도를 숨기거나 조작하지 않고 솔직하고 투명하게 부서가 맡은 책임과 의무, 역할에 관해 설명했다.

선배는 처음으로 자신의 고집이 전체에 방해가 된다는 사실을 깨달았다. 당황하고 화를 냈지만, 차츰 동료들의 의견을 듣기 시작했다. 자신의 방식만을 고수하던 선배는 동료들이 제안한 새로운 방법에서 자신이 놓치고 있던 중요한 요소들을 발견했다. 밤늦게까지 최적의 방법을 찾기 위해 머리를 맞대고 협력했다.

더 나은 결과를 위해 고민하고 문제를 해결하는 방법을 찾기 시작한 그를 따르고 응원했다. 프로젝트는 성공적으로 마무리되었고, 성과를 축하하는 회식 자리에서 모두가 한마디씩 소감을 나누었다.

"미안합니다. 이번 경험을 통해 고집이 아닌 협력이 진정한 힘이라는 것을 깨달았습니다. 자신만의 방식에만 얽매이지 않고, 다른 사람들의 의견을 존중하며 새로운 길을 찾을 수 있게 해주셔서 고맙습니다."

모두가 박수를 보냈다. 선배의 변화는 동료들에게도 긍정적인 영향을 미쳤다. 자신의 고집을 내려놓고 더 넓은 시야를 가지게 되었다.

회식이 끝난 뒤 선배와 나는 집이 같은 방향이라 함께 길을 나섰다. 찬 바람이 살짝 불어오지만, 술기운에 달아오른 얼굴은 붉게 빛났다. 어깨를 나란히 하고 한 걸음 한 걸음 조심스레 발을 맞추며 걸었다.

"지난번 소리쳐서 미안하다."

선배가 웃으며 내 어깨를 감싸 안았다. 따뜻한 팔의 무게가 묘하게 안락했다. 밤공기 속으로 함께한 시간의 온기가 스며들었다. 걷다보니 저절로 발걸음이 맞춰졌고, 그 순간만큼은 모든 것이 완벽해 보였다. 바쁜 일상 속을 잠시나마 벗어나 같은 속도로, 같은 방향으로 나아가고 있었다.

의견이 충돌할 때 우리는 불편해진다. 그러나 불편함이 새로운 길을 연다. 다른 관점은 위협이 아니라, 내가 보지 못한 세계를 보여주는 창이다. 무시된 목소리 속에는 내가 지나온 길의 지도가 숨어 있다. 방해물처럼 들리던 말에도 놓친 진실의 파편이 들어 있다.

사람은 혼자일 때 단단해 보인다. 그러나 고독 속에서 균열이 시작된다. 함께할 때만 균열을 메울 수 있다. 다른 눈을 배척하지 않고 환영할 때 우리는 한 걸음 더 나아간다. 다른 의견을 밀어내면 지혜가 자라지 않는다. 성장은 익숙한 울타리를 넘어서는 순간에 찾아온다.

방해물로 보이던 목소리는 사실 창이다. 더 넓은 세계로 가라는 부름, 오래된 습관을 깨라는 신호, 아직 보지 못한 가능성으로 향하라는 초대다.

"예전엔 몰랐는데, 함께 걷는 것도 참 좋네."

선배의 말에 조용히 웃음 지었다. 바쁜 하루를 마무리하고, 같이 걷는 시간이 왜 소중하게 느껴지는지 알 것 같았다. 도시의 소음은 점점 멀어지고 이야기가 자리를 채웠다. 술기운에 살짝 흐려진 시야로 바라본 밤하늘은 어느 때보다 아름다웠다.

나이 들어
생기는 용기

젊을 때의 용기는 대체로 무모함에서 비롯됐다.

경험보다 열정이 앞섰고,

길의 끝을 확인하기 보다는 먼저 발을 내딛는 일이 가치라 믿었다.

그렇게 얻은 것도 많았지만,

돌이켜보면 부서지고 후회한 기억도 적지 않았다.

세월의 바람이 지나서 용기는,

맞서 싸우는 검이 아니라 껴 안는 품이 되었다.

뛰어드는 대신, 오래 서 있는 용기.

쉽게 말하지 않고, 끝까지 들어주는 용기.

남들이 다 가는 길에서 한 걸음 비켜 서 있는 용기.

시간의 무게가 두려움의 옷을 입힌다고 하지만,

나는 오히려 결이 바뀐다고 생각한다.

남들이 나를 어떻게 볼까 하는 망설임은 줄고,

나 자신에게 부끄럽지 않으려는 마음의 벽이 커진다.

그 주저함이 나를 더 단단하게 지켜준다.

이제는 싫다고 말할 수 있는 용기가 생겼다.

아니라고 고개를 젓는 순간,

나를 지키는 울타리가 세워진다.

누군가를 거절하기 위해서가 아니라,

내 안을 지키는 데 필요한 것이다.

시간이 포개져 생기는 용기는,
세상을 바꾸겠다는 큰 포부가 아니라
나의 무늬를 나의 마음에 새기겠다는.
다짐이 쌓여, 내일의 빛으로 번진다.
나는 조금씩 더 단단해지고 있다.

단 하나의
걸음으로

물웅덩이에 쓰레기가 담겨 있다. 그걸 주우려 신랑이 될 사람은 신부의 한쪽 팔을 잡고 신부가 될 사람은 다른 팔을 최대한 뻗어 집게로 줍는다. 그 장면이 아름다워 사진으로 담았다.

언제 보아도 반갑고 즐거운 분들이다. 한 달에 한두 번을 보아도 어제 본 듯한 분들. 만나서 반갑다며 수다를 떨고 있는데, 시간 될 때마다 활동에 참여하는 성악가 한 분과 어디서 본 듯한 분이 처음 활동에 참여하였다. 같은 차를 타고 온 분이 결혼 이주일을 앞두었다고 말한다. 축하한다고 말하면서 이름을 들으니 아는 사람이다. 일전에 민예총 행사 때 시인 네 분과 시 낭송회와 북 콘서트 사회를 본 적 있다. 사전 행사로 시 낭송에 맞춰 춤으로 시를 표현한 분이었다. 사복이라 못 알아본 것이다.

환경정화 활동하는 내내 웃으며 서로 챙기는 모습을 본다. 아름다운 사랑을 하는 두 사람은 지구 환경을 생각하는 마음도 같다. 같은 생각과 행동으로 출발하는 이들이 아름답다. 그 사랑, 지구 환경을 지켜야 한다는 공통의 가치도 추구하기에.

둘이 힘을 합쳐 쓰레기 줍는 모습의 실루엣이 겹쳐 '늘 이렇게 서로의 삶을 위해 이어주는 사람이 되기'를 생각하며 호주머니에서 휴대폰을 꺼냈다. 그리고는 한 편의 시를 적었다.

[단 하나의 걸음으로]

길을 걷다, 손을 잡으면
너와 나의 선들이 하나가 된다
손바닥 사이로
아스라이 두 사람의 지평이 열리고

신이 새겨둔 작은 강줄기들,
그 흐름을 닮는다는 건
같은 바다로 흘러갈 운명이라는 뜻임을

바람이 불고 계절이 흘러가도
연리지처럼
가지와 가지가 맞닿아
뜨거운 솟구침으로

그렇게 같은 곳을 향해
단 하나의 운명으로

활동을 마치면 누구에게 보여주기식의 표현이 아니라, 기록을 위해 현수막을 들고 사진을 찍어 마무리한다. 하지만 오늘은 사진을 찍은 다음 하나같이 신랑과 신부가 될 두 분을 중앙에 세우고 축하와 격려를 담아 꽃받침 세리머니로 마무리 사진을 담았다.

'초록별지구수비대'의 소중한 사람들에게 '그 사람', 같은 곳을 바라보는 사람으로 끝까지 남고 싶다. 같은 곳을 바라본다는 것은 단순한 시선의 교류가 아니라, 같은 희망을 품고 같은 운명을 마주하는 일이다. 감명 깊게 본 영화 <인터스텔라>(Interstellar, 2014)에서 쿠퍼와 승무원들은 웜홀 앞에서 숨을 죽인 채 미지의 세계를 바라본다. 그것은 인류의 미래를 향한 시선이자, 두려움과 설렘이 교차하는 순간이다. 밀러 행성에서 거대한 파도가 몰려올 때, 모두는 자연의 압도적인 힘 앞에 멈춰 서고, 같은 두려움을 공유한다.

같은 곳을 바라보는 것이란 곧, 같은 마음을 나누는 것이다. 그것이 희망이든, 절망이든, 혹은 사랑이든. 우리는 같은 방향을 바라보는 순간, 서로 연결된다. 곁은 내어주고 말을 들어주는 그것만으로도 삶의 기운을 얻고 희망의 빛을 볼 수 있으니. 2022년 이들의 모습을 담아 쓴 시가 한 편 떠오른다. 『붉은색 옷을 입고 간다』 시집에 수록된 「함께한다는 것」이라는 시다. 시집에 담긴 시 중, 인터넷에 가장 회자되는 한 편이다. 작은 소리로 조용히 되뇌어본다.

[함께한다는 것]

마음을 움푹 퍼서 믿음을 주는 것
누군가 되어주는 것
깊숙한 심장 한 켠도 내어주는 것
기댈 어깨가 필요할 때 빌려주는 것

구불대는 변명보다는 직선의 사과와
물어보지 않고 마음을 비춰주는 용기가 필요하고
쉴 수 있게 다가가 잠시 자리를 내어주는 것

생각하지 못한 어려운 일이 닥치는 순간
설명하기 어려운 일을 설명하고 싶지 않을 때
아무 말 없이 덤덤하게 들어주고 자리를 지켜주는 것

마음에 머무르는 일이
화려한 언변보다, 재치 있는 비유보다
그냥 누군가가 되어주는 것

4부

사소하지만 오래 남는 것들

손에 익은
물건

손에 익은 물건은 눈을 감고도 잡을 수 있다.
무게와 감촉, 표면 온도까지
이미 손이 기억하고 있기 때문이다.
물건을 잡는 순간 손끝은 현재가 아니라,
오랜 시간 쌓인 순간들을 함께 꺼내 든다.
나에게는 이십 년째 쓰고 있는 머그잔이 있다.
바닥에는 작은 금이 가 있고,
손잡이 부분은 세월에 닳아 은근히 매끈해졌다.
시간이 담긴 잔을 잡을 때면 공간이 말을 걸어온다.
첫 직장에 다니던 시절의 아침,
홀로 마시던 밤의 커피,
나와 자아가 만난 고요한 시간을 함께 떠올린다.
손에 익은 물건은 새것과 다르다.
새것은 반짝이지만 낯설고,
손에 익은 것은 닳았지만 편안하다.
몸과 마음이 풀려나는 쉼 속에는
시간이 남긴 흠집과,
사라지지 않는 미세한 균열을 견디며 함께 버텨온 기억이 들어 있다.
가끔은 생각한다.
물건이 나를 기억하는 건 아닐까 하고.

내 손의 힘, 떨림, 온도를
물건이 그대로 품고 있는 것 같아서다.
그래서 함부로 버리지 못하는 물건들이 있다.
그저 놓인 물건이 아니라, 이야기를 지닌 몸이다.
내 시간과 공간과 감각과 감성을 받아 적은 조용한 일기장이기 때문
이다.

그리움의
지분

　모든 이에게는 그리움의 몫이 있다. 그것은 마치 마음속 작은 씨앗과 같아, 어떻게 갈무리를 하느냐에 따라 다른 결실을 맺는다. 어떤 이는 그 씨앗을 잊고 흙 속에 묻어둔 채 살아가고, 또 어떤 이는 세월 깊이 감추어버린다. 누군가는 그리움을 소중히 가꾸어 행복이라는 꽃으로 피워내고, 다른 누군가는 그리움에 깊이 잠겨 아픈 기억의 잎사귀를 떨어뜨리기도 한다.

　초등학교 5학년 때였다. 그림반을 같이하는 여자 동무가 있었다. 담임선생님은 미술을 전공한 분이셨다. 미술학원이 없는 동네라 선생님의 배려로 그림 그리기를 좋아하는 누구나 방과 후에 남아 수업을 받을 수 있었다.

　꽃과 풍경화를 연습하다가 인물화를 그리는 시간이 되었다. 서로 마음에 드는 동무를 그리라는 선생님 말씀에 그 아이는 나를 선택했고, 나 역시 그 아이를 선택했다. 인물화를 잘 그리기 위해서는 데생 연습이 필요했다. 조금만 형태가 어긋나도 다른 사람이 되어 어색함이 크게 다가오기 때문이었다.

　데생은 형태의 정확도를 높이고, 기초 실력을 쌓는데 아주 중요한 연습이라는 선생님 말씀에 수업을 마치고 집에서도 그림을 그렸다. 얼굴을 떠올리며 그림을 그릴라치면 단발머리와 사슴 같은 큰 눈이 떠오르고 이상하게 가슴이 콩닥콩닥 뛰었다.

인물화를 평가하는 시간, 선생님께서는 우리 두 명 다 그림을 잘 그렸다는 칭찬을 했다. 동무들은 부러운 눈으로 바라보았다. 그런 뒤로부터 방과 후 수업하는 내내 단짝이 되어 같이 다녔다. 그냥 옆에 있기만 해도 좋았다.

그 아이는 오래된 책장 속에 숨겨진 책처럼, 조용히 나의 마음속에 자리하고 있다. 어떤 날에는 바람처럼 가볍게 스쳐 지나가고, 어떤 날에는 빗물처럼 조용히 가슴을 적셨다. 잊으려 할수록 더욱 선명해지는 기억의 조각들 속에서, 나는 한때 함께 웃었던 순수한 동심의 순간들을 떠올린다. 지나간 것들을 붙잡을 수 없음을 알면서도, 그 아이는 여전히 내 마음 한구석에서 살아 숨쉬고 있었다.

하지만 그뿐이어야 했다. 살면서 많은 것들과 부딪히며 거기에 매달리다보면 그리움이 어떨 땐 사치 같다는 생각을 했다. 가족과 회사와 친구들과의 관계 속에서 때로 그것들은 잊혔다. 그러다 혼자 있는 시간이 되거나 미술 전시회라도 가는 날이면 문득 추억의 저쪽에서 그리움이 떠올랐다.

<진주 귀걸이를 한 소녀>, <편지를 읽는 여인>은 네덜란드의 거장 요하네스 페르메이르 (Johannes Vermeer, 1632~1675) 대표 작품이다. 일상의 조용한 순간을 포착하며, 작품 속 인물들의 고요한 시선과 빛의 활용을 통해 그리움을 섬세하게 표현했다. 특히 창가에서 편지를 읽

는 여인은 사랑하는 사람을 기다리는 듯한 분위기를 자아낸다. 기다림과 설렘, 그리고 약간의 불안이 묻어나오며 누군가의 얼굴이 흐릿하게 떠오른다.

얼마 전, 중학교 동기 모임 때였다. 반가운 친구들과 술잔을 주거니 받거니 하다보니 학창 시절 이야기가 나왔다. 무덤덤한 표정으로 동창 여자 친구에게 조심스레 그 아이의 소식을 묻자, 서울로 시집가서 잘살고 있다고 했다. 그러면서 "한번 만나볼래? 전화번호 있는데 가르쳐줄까?"라고 말했다. 순간, "그래" 하고 답을 하려다 손사래를 쳤다. 친구는 빙그레 웃었다. 내 마음을 안다는 듯이.

초등학교 5학년 그 순수함이 훼손될까 두려웠다. 추억은 추억으로 남아 있어야 아름답다는 말도 떠올랐다. 추억을 현실로 소환시키면 그건 더이상 아름답지 못하기 때문이다. 자꾸만 삭막해져가는 마음 한쪽에 맑은 샘 하나 정도는 남겨둬야 한다고 생각하자 내 안에 그리움이 잘했다며 토닥거려주었다.

살다보면 어느 날 우연처럼 그 아이를 다시 만날지도 모른다. 영화 <소풍>의 은심이와 태호처럼. 아니면 영영 만나지 못하거나. 시절 인연이라고 했다. 모든 사물의 현상은 시기가 되어야 일어나는 법이다. 훗날 이 그리움이 한 송이 꽃을 피운다면 나는 그 꽃을 가만히 바라보리라. 그러면서 시간의 의미와 그 시간을 따라서 오고 간 어떤 인연들에 대해 가만히 생각해보리라.

자주 쓰는
단어

사람마다 말과 글 속에 자주 스며드는 단어가 있다.

그 단어는 자신도 모르게 반복되고,

생각을 몰래 파고들어 자국을 남긴다.

내 글에는 '함께'라는 단어가 자주 등장한다.

누군가의 편지를 읽을 때도, 책을 덮을 때도,

하루를 정리하며 쓰는 문장에도,

되새김의 흐름 속에서 숨은 진심이 비친다.

의식보다 먼저 '함께'가 내 언어의 길을 연다.

아마도 내가 오래 바라고 있는 상태가

말의 심장에 깃들어 있기 때문이다.

젊었을 때는 '변화'라는 단어를 자주 썼다.

무언가를 바꾸어야 한다는 조급함,

더 멀리 가야 한다는 열망이 언어 속에서도 나를 밀어냈다.

하지만 이제는 변화보다 함께를,

속도보다 머무름을 선택하게 되었다.

자주 쓰는 단어는 나의 방향을 비춘다.

지금, 내 걸음은 함께 걷듯이 그림자 속을 같이 걷고 있다.

앞으로 어디로 데려갈 것인지를 보여준다.

어쩌면 단어는 나의 또 다른 나침반일지도 모른다.

앞으로도 내 글은 '함께'라는 숨결을 놓지 않을 것이다.

쓸 때마다,
내 마음이 잠시 숨을 고르고,
세상과의 거리를 부드럽게 조율하기 때문이다.

"함께 걷는다는 건, 한 걸음마다 서로의 숨결을 배우는 일이다."

초록별지구수비대

　오늘은 초록별지구수비대 지구 청소의 날이다. '신명한 바다'라 부르는 이곳 신명 해수욕장에는 스무 명 정도의 대원들이 모였다. 저마다 현수막을 재활용한 쓰레기봉투와 집게를 들었다. 대장이 가져온 커피를 마시면서 "오늘도 파이팅!"을 외친다.

　신명 해수욕장은 울산과 경주의 경계에 위치해 있으며, 규모가 작아 공식적인 해수욕장은 아니다. 깨끗한 공기와 청정한 바다, 도시를 벗어난 덕분에 사계절 많은 시민이 찾는다. '신명한 바다'라고 부르는 건 초록별지구수비대가 환경정화 운동으로 플로깅과 비치코밍을 하는 반려 해변이라 우리가 붙인 이름이다.

　2020년, 대한민국을 강타한 태풍 마이삭은 곳곳에 큰 상처를 남겼다. 강풍으로 인해 농작물과 해상사고, 정전 등 사망자를 동반한 태풍이었다. 울산 북구 소재 천마산 소나무들도 나뭇가지가 부러지는 등 피해를 보았다. 평소 플로깅을 하던 최근영 선생님이 기후 위기를 인식해 플로깅 봉사 동아리를 만들자고 나에게 제안했다. 지구를 살리기 위한, 작지만 선한 영향력을 '나부터 실천하자!'는 의지였다.

　지금은 약 50명의 회원으로 구성되어 환경 강사 활동, 조류 탐사, 환경정화 활동 등을 하고 있다. 울산 전역을 대상으로 한 달에 두 번은 단체 플로깅, 비치코밍 활동을 한다. 현수막이며 쓰레기 수거 가방은 재활용이며 보여주기식의 단체 조끼 착용은 하지 않는다.

지구는 온실가스 증가, 산림 파괴, 해양·대기 오염으로 심각한 몸살을 앓고 있다. 빙하는 과거보다 3배 빠르게 녹고 있으며, 야생동물 개체 수는 69% 감소했다. 지구 평균기온 1.2도 상승은 산업화 이전(1850~1900년)의 평균기온을 기준으로 한 것이다. 이 기준은 기후 변화 연구 및 국제 협약(예: 파리협정)에서 일반적으로 사용된다. 2025년 평균기온이 산업혁명 이전보다 약 1.2℃ 정도 상승한 것으로 평가된다. 이에 따라 기상이변이 속출한다.

기후 위기로 인해 흰죽지수리, 북극제비갈매기, 카카포, 푸에르토리코앵무새, 황제펭귄, 긴꼬리딱새 등 많은 새의 서식지가 파괴되었으며, 먹이 부족, 이상 기후 등의 영향으로 개체 수가 급감하며 멸종 위기에 처하고 있다.

세렝게티의 평원얼룩말(Equus quagga)은 준 위협, 산얼룩말(Equus zebra)은 취약, 당장 멸종 위기에 처한 것은 아니지만 그레비얼룩말(Equus grevyi)은 개체 수가 2,500마리 이하로 줄어들어 심각한 멸종 위기에 처해 있다.

우리나라의 구상나무, 미선나무, 한라송이풀, 댕강나무, 나도승마 등 여러 식물도 서식지 감소와 이상 기후로 멸종 위기에 처하고 있으며, 이를 보호하기 위한 서식지 보전과 기후 변화 대응이 필요하다. 특히 '한국의 에델바이스'로 불리는 희귀한 고산식물 한라송이풀은 심각한 상태이다.

이러한 피해를 줄이기 위해서 전 세계적으로 그린피스와 같은 환경 단체가 온실가스 감축과 자연 보호 운동을 펼치고 있으며, 그레타 툰

베리(스웨덴의 환경운동가)는 기후 위기의 심각성을 알리는 활동을 이어가고 있다. 또한, 미래 세대를 위한 '생명의 보험' 역할을 하며, 생물 다양성을 지키고 지속 가능한 환경을 만들어가는 데 필수적인 역할을 하는 종자은행을 설립하여 멸종 위기에 처한 식물의 씨앗을 장기 보관한다. 노르웨이의 '스발바르 국제 종자 저장고', 영국의 '밀레니엄 씨드 뱅크', 대한민국의 '국립백두대간수목원 종자은행' 등이 있다.

　지구는 온실가스 증가와 기후 변화로 위험한 상태에 있으며, 즉각적인 실천이 필요하다. 지금 행동하지 않으면 2050년까지 기온이 2℃ 상승해 생태계가 붕괴하고, 해안 도시 침수와 식량 부족이 발생할 것이다. 온실가스를 줄이고, 산림과 해양을 보호하며, 탄소 중립을 실천해야 한다.

　일회용품을 줄이고 텀블러와 에코백을 사용하며, 대중교통이나 자전거를 이용해 탄소 배출을 줄일 수 있다. 전기를 아끼고, 물 절약 습관을 들이며, 음식물 쓰레기를 최소화하는 것도 중요하다. 분리배출도 철저히 해야 한다.

　오늘 9시에 시작한 활동이 10시 30분에 끝났다. 100리터 마대 포대 4자루 반의 쓰레기를 주웠다. 해양 쓰레기와 생활 쓰레기로 무게는 개당 약 20kg이 넘는다. 수거하시는 공무원이 잘 가져갈 수 있도록 지정된 장소에 가져다 놓는다.

　마치고 돌아가는 길, TV 애니메이션 <캡틴 플래닛>을 보면서 일곱 살 손자가 외치던 말이 떠오른다. "힘은 당신에게 있습니다!"(The power is yours!) 환경 보호를 주제로 한, 이 애니메이션은 지구의 정령

가이아가 5명의 청소년(플래닛티어)에게 자연 요소의 힘이 담긴 반지를 주고, 이들이 힘을 합쳐 환경오염을 일으키는 악당들과 싸우게 하는 이야기다. 플래닛티어가 반지의 힘을 모으면 히어로인 캡틴 플래닛이 등장해 강력한 능력으로 위기를 해결한다.

"힘은 당신에게 있습니다!"(The power is yours!)를 다시 되뇌어본다.

책상 위의
빛

하루의 빛은 책상 위에서 가장 잘 보인다.

아침의 빛은 맑고 가볍다.

창문 틈으로 스며들어 종이 위를 부드럽게 쓸고,

펜촉에 맺힌 잉크를 반짝이게 한다.

따뜻한 빛 속에서는 어떤 문장도 새로 시작할 수 있을 것 같다.

가장 높은 곳에서 쏟아지는 빛은 눈부시게 날카롭다.

책상 위 모든 것을 정확히 드러내지만,

그만큼 내 마음속의 흐림도 선명하게 보여준다.

그래서인지 나는 한낮의 빛 앞에서

가끔 글을 멈추고 창밖을 바라본다.

빛이 너무 정직하면,

무게를 피해 잠시 바람 뒤로 몸을 감추고 싶다.

하루의 끝, 빛은 길게 숨을 늘이며 낮게 흐른다.

책상 모서리를 스칠 때,

시간이 천으로 된 장막처럼 차례차례 접히고 있음을 안다.

그때 쓰는 문장은 유난히 부드럽다.

마치 빛이 문장을 대신 다듬어주는 듯하다.

밤이 되면 책상 위에는 전등 불빛만 남는다.

전등의 빛은 좁고 집중적이어서,

종종 세상과 나를 단절시킨다.

고립 속에서 나는,
오히려 내 안쪽 깊은 곳과 대화를 나눈다.
책상 위의 빛은,
나의 하루와 마음을 동시에 비춘다.
빛이 바뀔 때마다
내 문장도, 나의 하루도 조금씩 달라진다.

"문장은 자신의 심장을 다녀온 이가 남긴 체온의 기록이다."

생각의
감옥

　고요하다. 왼쪽 무릎 위에 오른쪽 다리를 걸치고 오른쪽 손가락은 살짝 뺨에 댄 채 깊은 생각에 잠겨 있다. 온화하고 자유로운 모습이다. 국립중앙박물관 사유의 방에 전시된 반가사유상은 단순한 예술품 이상의 의미를 준다. 깊은 내면의 평화, 자비와 연민, 삶의 무상함과 시간의 흐름 등이 그 안에 내재하여 있기 때문이다.

　'나는 왜 이렇게 결정하지 못하는 걸까?' '다른 사람들은 다 잘해내는데, 왜 이렇게 무기력할까?'라는 자기 비난이 끊임없이 나를 괴롭힌 적이 있다. 이 부정적인 생각의 고리는 나를 점점 더 깊은 단절의 방으로 몰아넣었다. 동기회 때 만난 친구들의 부동산과 학업 등 성취에 관한 대화를 듣고 난 뒤 느낀 회의감이었다.

　생각은 때때로 우리를 새처럼 자유롭게 하지만, 종종 그 안에 가두기도 한다. 분방한 즐거움과 동시에 무거운 쇠사슬로 일상과 삶을 긍정적, 혹은 부정적으로 변화시킨다.

　현대인들은 매일 불안과 걱정으로 가득 차 살아간다. 미래에 대한 불확실, 실패에 대한 두려움, 타인의 시선에 의한 염려가 그렇다. 끊임없이 '만약에'라는 생각에 사로잡혀 자신을 지치게 만든다. 이런 불안은 더 나은 방향으로 나아가게 하는 원동력도 되기도 하지만, 때로는 아무런 행동도 취하지 못하고 자신을 묶는 굴레가 된다.

　윌리엄 포크너의 단편 소설 「에밀리에게 장미를」은 공포와 전율을 동반하는 기괴한 사랑 이야기다. 미국 남부 귀족의 상징인 에밀리가 세상을 뜬 후, 가족들은 장례식을 마치고 지난 40년간 하인조차 들어가지 못한 방문을 부순다. 놀랍게도 그곳에는 첫날밤의 신방처럼 옷가지와 신발이 가지런히 놓여 있고, 침대에는 한 남자가 해골로 누워 있다. 떠나려는 남자를 독살하고 방문을 걸어 잠근 채 수십 년간 동거해온 그녀의 행동은 엽기적이다. 굳게 잠긴 방안에서 세상을 등진 채 자기 생각에만 갇힌 것이다.

　집안일을 하는 아내가 완벽하지 않다고 하소연하는 친구가 있다. 집안 곳곳을 매일 청소하고, 물건들이 항상 정해진 자리에 있어야 마음이 편한데 그러지 못하다는 것이었다. 자신은 조금이라도 어질러지면 불안감을 느끼고 가족들에게 완벽함을 요구한다고 했다. 친구는 완벽의 방에 갇힌 것이다. 인간을 가두는 것은, 꼭 쇠창살만이 아니다. 자기 생각에 갇혀 스스로 방문을 걸어 감옥과 같은 삶을 살고 있지는 않은지 생각해봐야 한다.

　『장자』의 <추수편>에 보면 우물 안 개구리에게는 바다를 이야기할 수 없다고 말한다. 한 곳에 갇혀 살기 때문이다. 우물 밖으로 나간 적이 없는 사람들은 감옥처럼 좁은 그곳이 세상 전부인 줄 안다. 메뚜기에게 겨울을 이야기하는 만큼 어리석은 일도 없다고도 말한다. 여름벌레는 얼음이 무엇인지 모른다. 시간 속에 갇혀서 얼음이 얼 때까지 살아본 적이 없기 때문이다. 공간과 시간만이 감옥이 아니다. 스스로 눈과 귀를 막는 완고한 마음도 생각을 가두는 큰 감옥이다.

　사진을 좋아하는 나는, 사진에는 꼭 사람이 들어가야 한다는 강박

관념 같은 것이 있다. 풍경 사진도 좋지만, 유기체인 사람이 없다면 의미가 퇴색한다고 생각했다. 나무나 풀, 물 등과 다르게 '생명'이라는 연결고리를 무기체인 돌 같은 물체는 갖지 못한다고 느꼈기 때문이다. 어느 날, 바닷가로 쓰레기 줍는 봉사 활동을 하러 갔다가 돌로 가지런히 꾸민 '아빠♡엄마'를 보게 되었다. 무기체인 돌이었지만 거기에는 부모를 사랑하는 아이의 마음이 고스란히 들어 있었다. 그것을 계기로 나만의 사로잡힌 생각에서 탈출할 수 있었다.

부정적인 생각과 깊은 단절의 방을 빠져나온 상황은 나에게 변화를 가져다준 중요한 경험이었다. 더이상 이런 상태로는 지낼 수 없다고 생각했다. 거울 앞에 서서 내 감정과 생각을 있는 그대로 인정하고 자신에게 말을 걸었다. 그런 후, 가까운 친구들과 가족에게 나의 상태를 솔직하게 털어놓았다. 처음에는 그들에게 부정적인 감정을 이야기하는 것이 두려웠지만, 오히려 이해하고 지지해주었다. 따뜻한 조언과 격려는 큰 힘이 되었다. 특히, 친구와의 깊은 대화는 따뜻한 위로가 되었고, 혼자가 아니라는 것을 깨달았다. 나 자신과의 대화, 주변 사람들과의 소통, 자기 돌봄과 명상은 스스로 늪에 빠진 나를 도와준 중요한 요소들이다.

인간은 개인의 생존, 욕망, 사회적 관계, 생활의 편리함, 직장생활 등의 현실적이고 실용적인 문제에 집중한다. 순간적이고 표면적이며, 일시적인 문제 해결이나 감정에 기반한 경우가 많다. 하지만 반가사유상은 세속의 생각 저 너머에 있다. 깊은 명상에 잠겨 깨달음을 추구하고 미륵보살로 내세에서 중생을 제도한다. 생각하되 생각에 갇히지 않고, 또한 깊고 오묘하니 그 방을 '사유의 방'이라 부르는 것이리라.

영혼을 치료해준다는 반가사유상 앞에 선 지 벌써 두 시간이 훌쩍 지나간다. 반쯤 감긴 눈과 입가의 부드러운 미소를 보면서 마음이 편안해진다. 내 안에 감옥이 스르르 무너져 내린다.

암흑카페

앞사람 어깨에 두 손을 올리고 들어서는 순간, 암흑으로 변했다. 눈을 뜨고 있지만, 감은 것과 같다. 진행자가 책상에 앉아 음료를 주문하라고 안내한다. 장애인식 개선사업에 초대된 순간 난 장애인이 되었다.

손을 더듬어 책상 상태를 확인한다. 조심조심 주변에 무엇이 있나 살핀다. 불안하다.

"암흑카페에 오신 걸 환영합니다. 가만히 계시면 음료를 배달해드리겠습니다."

주문한 아이스 아메리카노를 차가운 감촉으로 찾아 한 모금 마셨다. 차가운 게 들어가니 마음이 조금 진정되었다. 뒤이어 시각장애인이 영화를 보는 방법과 휴대전화기 글을 읽는 기계, 자판 입력, 사진을 읽어주는 걸 자세히 설명해준다. 음료수 제품명을 손가락으로 만졌다. 점자가 만져졌다.

대한민국 장애인 비율은 5.2%, 그중 후천적 장애인 비율이 88.1%다. 10명 중 9명은 잠재적 장애인인 셈이다. 미국은 12.8%, 스웨덴 16.8%, 호주 18.3%다. 선진국일수록 장애인 비율이 높다. 그 이유는 암, 에이즈, 알코올중독도 질병에 포함하기 때문이다. 이민자를 포함하는 국가도 있다. 말과 생활환경이 변해 소통되지 않으니 장애인으로 본다. 장애를 바라보는 관점과 범주를 다르게 하기 때문이다. 대한민국은 장애인이 지역사회에 나올 수 있도록 사회적 환경을 개선하라는 권고를 유엔으로부터 받았다.

시각장애인 인구는 25만 명 정도이며, 점자 표기는 63%로 2022년 기준이다. 음료수 제품명도 겨우 기재되어 있다. 유통기한, 알레르기 정보도 없어 안전에 취약하다. 현행법에 표기 의무가 없으며 지정된 것은 의약품뿐이다. 갑뚜기라 불리는 컵라면에는 전 제품에 점자가 표기돼 있다. 컵밥 14종, 죽 8종에는 제품명, 물 붓는 선, 전자레인지 사용 여부까지 점자로 표기했다. 마시는 음료에도 음료, 탄산으로 점자가 표기되어 있지만, 유통기한은 아직 되어 있지 않다.

미국의 호이트 부자는 특별한 부자였다.

아들 릭 호이트는 태어날 때부터 걷지 못했고, 아버지 팀 호이트는 달려본 적이 없었다. 그런데 어느 날, 아들이 말했다.

"아버지, 저와 함께 달려주세요."

그 한마디가 모든 것을 바꾸었다. 아버지는 아들의 휠체어를 밀며 마라톤을 시작했고, 수영 경기에서는 아들을 태운 보트를 끌었으며, 자전거 경주에서는 아들을 앞자리에 태웠다. 그렇게 두 사람은 결승선을 함께 통과했다.

이들의 여정은 단순한 운동 기록이 아니라, 서로의 한계를 보듬고 이끌어준 이야기였다. 장애와 비장애의 경계는 그 길 위에서 사라졌고, 대신 '함께'라는 이름이 남았다. 이것이 우리가 사회라는 공동체에서 서로를 지탱하며 살아가야 하는 이유가 아닐까?

감각의 전환이 이뤄졌다. 난 장애인이 되고, 시각장애인은 비장애인이 된다. 시각을 잃은 대신 청각과 촉각, 후각 등 다른 감각에 의존한다. 경험을 체험함으로써 일상적인 어려움을 더 깊이 이해하게 되었다. 짧은 시간이지만 어둠 속에서는 시각적 요소가 중요하지 않아 상대방을 판단할 때 내면적인 특성과 대화의 내용에 더 귀를 기울여 집중했다. 그래서 사람 간의 협력과 의사소통이 명확해졌다.

행사를 마치고 불을 켰다. 헬렌 켈러의 "사흘만 볼 수 있다면" 문장이 떠올랐다. 첫째 날은 사랑하는 이의 얼굴을 보겠다. 둘째 날은 밤이 아침으로 변하는 기적을 보리라. 셋째 날은 사람들이 오가는 평범한 거리를 보고 싶다. 단언컨대, 본다는 건 가장 큰 축복이다.

울산은 세계 3대 자동차 생산, 판매 회사를 보유하고 있는 도시다. 공업 도시라 산업재해로 후천적 장애인도 많다. 그렇지만 저상버스 보급률 전국 최하위권이다.

어느 영화에서 본 장면이 생각났다. 장애인 한 분이 내린다고 벨을 누르자, 운전기사는 버스를 정차하고 내려와 휠체어를 조심스럽게 내리고 손을 흔들고 버스는 떠났다. 울산에도 그런 날이 오리라 기대하며 희망을 품어본다.

지갑 속
낡은 사진

지갑 한쪽 칸에는 오래전 사진 한 장이 들어 있다.

색이 바래고 모서리가 닳아,

언제든 찢어질 것처럼 얇아진 사진.

그럼에도 나는 지갑이라는 기억의 서랍에 간직해두고

내 삶이 흔들릴 때마다 조용히 꺼내 본다.

사진 속의 나는 조금 더 젊고,

곁에 있는 사람들은 지금보다 훨씬 가까운 거리에서 웃고 있다.

활짝 웃음은 이제 다시 찍을 수 없는 표정이다.

시간이 흐르면서 우리는 다른 장소, 다른 계절에 서게 되었으니까.

가끔 지갑을 열다 사진을 보면,

시절의 공기와 빛이 한순간에 되살아난다.

사진 속 배경의 나무 냄새,

그날 불었던 바람의 방향,

그때 들리던 웃음소리까지.

마치 얇은 필름이 눈앞에서 재생되는 것처럼 선명하다.

나는 사진을 꺼내 오래 들여다보지 않는다.

잠깐 스치듯 보고 다시 지갑 속에 넣는다.

그렇게 해야만,

사진 속의 시간이 현실로 흘러나와 희미해지지 않기 때문이다.

지갑 속 낡은 사진은

내가 잊지 않으려는 마음의 작은 증표다.
그것을 꺼내 보지 않더라도,
사진이 거기에 있다는 사실만으로도
나는 조금 덜 외로워진다.

인연,
그 아름다운 꽃 한 송이

오늘 아침, 심비디움이 첫 꽃을 피웠다. 방 안은 은은한 향기로 가득 차고 마음이 따뜻해진다. 가만히 손으로 쓸자 온화한 기품이 마음을 적신다. '우아함과 존경'이라는 꽃말이 새삼 와닿는다.

"사람은 만남으로 인해 인생이 달라지기도 하고, 스쳐가는 인연에 따라 가슴이 따뜻해지기도 한다."

서늘한 가을바람이 지나가던 날이었다. 피천득 시인의 글 「인연」을 읽었다. 우연과 필연 사이, 그 어디쯤에서 우리는 누군가를 만나게 된다. 스쳐가는 사람조차 따뜻한 여운을 남기는 이유는, 우리가 그 순간을 소중히 간직하기 때문이다.

스무 살, 문학동아리 '세리을'에서 만난 김현주는 세 살 아래의 후배였다. 문학에 대한 열정이 여전하던 나는 졸업 후에도 그곳에 머물렀고, 그녀는 고등학교를 입학한 일학년 학생이었다. 동아리 회의실 계단을 오르내릴 때마다 그녀는 남자 선배나 친구의 팔을 자연스레 의지했고, 그 풍경은 동아리 사람들의 말 없는 화제가 되었다. 아는지 모르는지 그녀는 아랑곳하지 않고 자신의 리듬으로 살아갔다. 군대를 입대하면서 자연스레 소식은 멀어졌다.

오랜 시간이 흐른 뒤, 시민단체 '울산 언론 발전을 위한 시민 모임' 발대식에서 그녀를 다시 마주쳤다. 긴가민가하며 바라보던 나는, 그녀의 시선에 내가 비치지 않는 것을 느꼈다. 나를 몰라보는 듯한 태도에 어딘가 모르게 마음 한구석이 불편했다.

　도종환 시인의 「개울」을 낭송하던 목소리는 무언가를 깨우듯 선명했다. 그 순간, 온몸에 소름이 돋았다. 나는 시 속으로 깊이 끌려 들어갔다. 낭송을 마친 그녀는 천천히 안내를 받아 자리로 돌아갔다.

　심비디움 화분이 우리 집에 온 건 십 년 전이었다. 노동조합 선거에 출마한 나에게 같은 직장 다니는 중학교 친구가 당선 기념으로 보냈다. 변하지 말고 한결같이 푸르게 노동자를 위해 일하라는 의미를 담은 것이었다.

　처음엔 그저 장식품처럼 여겨졌던 초록 잎들이 차츰 일상에서 소중한 존재가 되었다. 물을 주면서 식물과 대화를 나누거나, 잎을 쓰다듬어주기도 한다. 가끔 잎이 마를 때엔 걱정하기도 하고, 싱그러울 때는 힘을 얻기도 한다. 십 년 동안 사귀면서 이젠 없어서는 안 될 오랜 친구가 되었다.

　인연은 크고 거창한 것이 아니라, 서로가 머무르기로 선택한 시간 속에서 자란다. 스치면 바람이고, 곁에 머물면 뿌리가 된다. 내가 어디에 시간을 쏟고, 어떤 마음을 쓰느냐에 따라 결정됨을 알려준다.

　"우리의 삶은 만남으로 이루어져 있으며, 그 만남은 서로의 침묵 속에서 가장 깊은 울림을 준다."

이 문구는 진정한 인연은 말로만 이어지는 것이 아니라, 서로의 존재만으로도 깊은 연결을 느낄 수 있는 관계임을 일깨운다. 단순히 감정에 머무는 것이 아니라, 함께 무언가를 만들어가는 과정임을 보여준다. 말하지 않아도 서로를 이해하고 공감할 수 있는 사람, 그리고 침묵 속에서도 안락함과 다정함을 느낄 수 있는 사람이야말로 가장 아름다운 인연일 것이다.

시민단체 모임에서 다시 보게 된 그녀의 이름은 김현주에서 김민서로 개명되었고, 색소 망막증으로 세상의 빛을 잃은 상태였다. 피를 나누지 않았지만, 형과 아우로 서로 없어서는 안 될 정도의 도움을 주고받으며 깊은 유대를 이어가고 있다.

"우연히 스쳐가는 만남도 인연이요, 오래도록 곁에 머무는 관계도 인연이다. 인연은 억지로 맺어지는 것이 아니며, 때로는 천천히 오기도 하고 어느새 스러지기도 한다. 그러나 그것은 언제나 삶을 아름답게 장식하며 우리의 마음에 잔잔한 흔적을 남긴다."

피천득의 인연은 사람과 사람 사이에 다리를 놓아주는 특별한 연결을 이야기한다. 이는 단순한 만남을 넘어, 삶의 순간순간에 깊은 영향을 미치며 우리를 서로 이어주는 보이지 않는 실과도 같다. 때로는 우연처럼 다가오지만, 그것이 만들어내는 관계와 여운은 삶을 풍요롭게 한다.

그 순간, 휴대폰 벨 소리가 울렸다. 화면에 뜬 이름은 오래전 이 화분을 선물했던 친구다. 그러고 보니 바쁘다는 핑계로 한동안 만나지 못했다. 희고 정갈한 꽃을 한 번 더 쳐다보며 그와의 약속장소로 향한다.

거꾸로
선다는 일
― 낮은 곳을 바라보는 연습

물구나무서기로 하루를 연다. 오늘 아침, 온도계는 벌써 30도를 넘겼다. 본격적인 여름이 시작되었건만, 나는 아직 에어컨을 켜지 않았다. 뜨거운 바닥 위에 손바닥을 대고 몸을 들어 올리며 문득 생각한다. 얼마나 더 이 열기를 견딜 수 있을까. 작년 여름도 그렇게, 단 한 번도 냉방을 허락하지 않고 지나갔던 기억이 떠오른다.

나는 날마다 세상을 뒤집는다. 누군가에겐 엉뚱한 몸짓일지 몰라도, 내겐 하나의 의식이다. 나를 바닥 위에 '세워놓는' 것이 아니라, 내가 세상의 바닥을 다시 만나는 일. 육체를 거꾸로 돌리는 일은, 생각의 뿌리를 거슬러 오르는 작은 순례와 같다. 처음엔 단순한 장난이었다. 몸의 방향을 전복시키면, 피는 중력을 배반해 이마로 몰려든다. 심장은 생소한 경로를 따라 고동치고, 숨은 평소보다 신중하게 흐른다. 그러나 그 찰나의 전환은 놀랍도록 또렷하다.

균형을 지키기 위해 의식 너머에서 반응하는 근육들, 하늘을 발로 집는 생경한 감각, 몸 전체가 거꾸로 흐를 때, 나는 나보다 먼저 세상과 마주하는 나의 육체를 인식하게 된다.

뒤집힌 몸은 말을 삼킨다. 말 대신 고요가 움직이고, 감각은 언어 이전의 리듬을 복원한다. 균형이란 설명의 대상이 아니라, 체화의 결과임을 알게 된다. 그저 느끼고, 인식하며, 중심을 찾아내는 일. 이 자세가 가져다주는 신체적 효과는 이미 익히 알려져 있다. 혈류의 새로운 흐름, 하체의 가벼움, 척주의 정렬, 내부 장기의 각성, 그리고 무거운 머릿속을 스쳐 지나가는 맑음.

그러나 어느 순간부터 나는 그것이 단순한 운동이 아니라, 생각의 구조를 거슬러 오르는 또 하나의 철학이라는 걸 알게 되었다. 몸을 거꾸로 세우는 것이 아니라, 나를 구성해온 세계의 관점을 흔드는 일이었다.

하늘과 땅이 서로의 자리를 바꾸면 세상의 얼굴은 낯설게 드러난다. 일상의 구조는 해체되고, 익숙한 사물들은 새로운 해석을 요구한다. 그 낯섦 속에서, 나는 내가 놓쳐온 것을 비로소 발견한다.

뒤집힌 세계는 물리적 전환만이 아니다. 관습의 껍질을 벗겨내고, 진실의 이면을 들춰보는 일이기도 하다. 우리는 늘 위쪽을 향해 살아간다. 더 높은 자리, 더 우월한 시선, 더 고결한 이상. 그러나 높은 곳은 종종 핵심을 비껴간다. 멀다고 더 잘 보이는 것은 아니며, 위라고 더 옳은 것도 아니다.

오히려 나는, 낮게 임해야 비로소 온전히 바라볼 수 있다는 것을 배운다. 이건 비유가 아니다. 실제의 감각이다. 시선을 발밑에 두고, 허리를 숙여서 풍경을 다시 읽는 일. 세상은 늘 아래쪽에서부터 시작된다. 우리가 딛는 자리가, 진짜 삶이 피어나는 곳이다. 이 기이한 자세는 어느새 내게 겸손이라는 다른 이름을 건네준다.

자신을 낮춰야만 제대로 만날 수 있는 얼굴들이 있다. 사람을 대하는 데 필요한 건 말보다 눈높이이며, 진정성은 위엄이 아니라 태도에서 나온다. 나는 종종, 조각상 속 성인을 떠올린다. 병든 이를 위해 무릎

꿇고 손을 내민 사람. 그는 세상을 거꾸로 본 이가 아니라, 거꾸로 된 세상을 곧게 바라본 이다.

내면의 이미지로는 브뤼겔(Pieter Bruegel)의 오래된 그림 한 장이 떠오른다. 탑을 올리다 무너진 자취, 신에게 닿으려다 서로의 말을 잃어버린 인간들. 탑은 남아 있다. 잊지 않기 위해. 무엇을 향해 올랐고, 무엇을 등졌는지를.

세상을 뒤집어 보는 이 행위는 욕망을 잠시 접고 본질의 바닥에 다가가는 방식일지도 모른다고. 그래서 스스로에게 묻는다. 나는 지금 어디에 서 있는가. 내가 바라보는 중심은 과연 누구를 향하고 있는가.

다시 발을 땅에 붙이면 어김없이 약간의 어지럼이 인다. 잠시, 세계가 흔들리는 느낌. 그러나 그 현기증은 낯선 것이 아니다. 의식이 이동하고, 감각이 교체된 자리.

삶은 결코 한 방향으로만 이해되지 않는다. 가끔은 뒤집어 보아야 한다. 몸도, 마음도, 세상의 구조도. 낯선 구도 속에서야 비로소 명료해지는 것들이 있다. 오늘도 조용히 두 손을 내린다. 그리고 천천히, 세상의 뿌리를 다시 만난다. 그것은 곧, 똑바로 보기 위한 연습이다.

그리고 문득, 작년 여름이 떠오른다. 그때도 나는 에어컨 없이 이 계절을 통과했다. 올해도 과연 그 약속을 지킬 수 있을까. 몸을 뒤집는 이 작은 습관처럼, 고요한 다짐 하나쯤은 지켜보고 싶다.

5부

길 위에서 배운 것들

여행은 왜
돌아오게 하는가

여행을 떠날 때마다, 나는 오래 머물고 싶은 마음과

결국, 돌아가야 한다는 사실을 함께 짊어진다.

기차가 역을 떠날 때의 설렘,

낯선 골목에서 길을 잃을 때의 두근거림,

모든 순간에도 마음 한편엔 돌아가는 길이 그려져 있다.

젊었을 땐 떠남이 전부였다.

돌아올 생각은 하지 않았고,

발 디딘 곳에서 아직 보지 못한 시간이 펼쳐질 것 같았다.

하지만 많이 익어가는 지금,

떠남은 잠시의 일탈이고,

돌아옴이야말로 여행의 완성이라는 걸 알게 되었다.

돌아오면, 평소에는 무심했던 것들이 새롭게 보인다.

매일 지나던 골목의 나무,

창문틀에 비친 저녁 빛,

식탁 위의 평범한 그릇 하나까지.

여행에서 돌아온 눈은

익숙한 것에 다시 놀라는 눈이 된다.

여행은 나를 다른 곳으로 데려가지만,

돌아옴은 나를 다시 나로 데려온다.

흐름의 한가운데에서 살아내는 자리가 선명해진다.

내가 살아온 방식이 조금 달라진다,
아주 작은 변화일지라도.
작은 변주가 다음 여행의 문을 연다.
그래서 나는 떠나고, 또 돌아온다.
돌아옴이 있어야만,
떠남이 빛난다는 걸 알기 때문에.

"자기 발걸음을 지킨 사람에게는, 반드시 자기만의 빛이 머무는 순간이 온다."

문 앞에서,
나를 마주보다

영화 <Her>를 보았을 때, 나는 오래된 질문 하나와 조용히 마주하게 되었다. 사랑이란 무엇인가, 라는 익숙한 물음이 아니라 더 근본적인 질문. 나는 정말 나의 길을 스스로 고르고 있는가?

인공지능 운영체제 사만다는 언어를 익히고, 감정을 모방하고, 끝내 '그'를 떠난다. 이별은 프로그램된 선택이 아니라 진화의 흔적처럼 다가왔다. 인간은 언제나 스스로 결정한다고 믿지만, 그 믿음조차 누군가에 의해 조율된 것이 아닐까. 우리는 정말 우리 자신을 택하고 있는가.

문득, 르네 마그리트의 그림 <결정의 시간>이 떠오른다. 하나의 벽 앞에 선 사내. 그의 뒤로 놓인 두 개의 문. 그러나 그 문들은 더이상 어딘가로 통하지 않는다. 그것들은 길이 아니라 벽의 또 다른 얼굴이다. 우리는 늘 앞이 열려 있다고 생각하지만, 실은 문은 손을 대기 전까지 그저 침묵 속에 놓여 있다.

무언가를 향해 나아간다는 감각은 착각에 불과할지도 모른다. 모든 길은 닿기 전까지는 아무 데도 닿아 있지 않다. 살면서 우리는 수없이 방향을 정한다. 어느 학교에 갈지, 어떤 일을 할지, 누구와 함께할지를 고민하고 결정한다. 그러나 그런 삶의 분기점에서 우리가 놓치기 쉬운 것은 '무엇을 고르느냐?'보다 '무엇을 잃게 되느냐?'이다. 손에 무언가를 쥐는 순간, 그 무게만큼 다른 가능성은 저편으로 사라진다.

나 역시 그랬다. 고등학교 진학을 조국 근대화의 기수가 되자고 공업 고등학교로 진학했다. 되돌아보면 그것이 옳았는지는 아직도 알 수 없다. 단지 분명한 건, 그때 내가 들어선 방향으로 인해 닫힌 풍경들이 있다는 사실이다.

우리가 후회하는 건 흔히 '잘못된 선택'이 아니다. 진짜 아쉬운 건, 다녀오지 못한 길들, 한 번도 열어보지 못한 가능성에 대한 그리움이다. '만약 그때'라는 말은, 지금의 삶이 아직 다 닿지 못한 곳이 있다는 증거일지도 모른다. 그런 생각은 나를 문학 속 한 인물로 이끈다.

김동인. 그는 문단의 중심에 있었고, 앞서 나갔으며, 때로는 문학을 위해 인간을 등지는 결단까지도 감행했다. 「감자」와 「광염 소나타」, 그 절창들 사이엔 언제나 갈등이 흐른다. 예술가로서의 고독한 질문. 그는 무엇을 버렸으며, 무엇을 지켜냈는가. 삶은 그렇게, 문턱과 문턱 사이를 건너는 일일지도 모른다.

이제 알게 되었다. '잘못된 길은 없다. 다만, 돌아보지 않는 삶이 있을 뿐이다. 실수는 지워야 할 흉이 아니라, 삶이라는 직물에 새겨진 결이다.'

우리는 되새기고, 적어두고, 다신 반복하지 않기 위해 애쓴다. 성숙이란 어쩌면, 그렇게 자신의 지난 길을 조용히 바라보는 능력일 것이다. 나아간다는 건 늘 무언가를 잃는 일이지만, 그 잃음이 비워냄이 되고, 그 비워냄이 나를 알아가는 통로가 된다면, 우리는 결국 잎맥 하나를 더 얻게 되는 셈이다. 내가 걷는 이 길은 나의 과거이자, 나의 내력이다.

그리고 무엇보다, 다음 길을 위한 밑그림이 된다.

나는 다시 얇은 경계에 서 있다. 정년을 얼마 남겨두지 않는 시점에서 새집의 이동을 예전처럼 성급하게 하지 않는다. 잠시 머문다. 숨을 고른다. 내 안의 말 없는 물음과 함께 조용히 기다린다. 그리고 문을 바라본다. 그것은 여전히 하나를 비우는 일이다. 그러나 이번엔 그 비움이 상실이 아닌 성장이 되기를 바란다.

나는 안다. 진짜 앞에 놓인 건 두 개의 문이 아니라, 결국은 나 자신이라는 것을. 이 삶은 끊임없는 분기점의 연속이며, 그 분기 위에서 내 몫의 책임을 다짐하는 일의 연속이라는 것을.

다시, 처음처럼 그 자리에 선다.

이번에는 무엇이 옳은가를 판단하기 위해서가 아니라, 무엇이 나를 지키는 일인가를 묻기 위해 선다. 무수한 갈림길에서 잃고 놓쳐온 것들 위에 이제는 선택 그 자체가 나의 얼굴이 되도록 조용히 나를 닮은 문 앞에 선다.

선택은 문을 여는 일이 아니라 스스로 그 문이 되는 일임을.

화분에
깃든 시간

텅 빈 갈색 화분이 따뜻한 햇볕 아래 놓여 있다. 부드러운 바람이 가지를 흔들며 지나간다. 나무를 심기 전, 화분 속에 흙을 살포시 손으로 만져보았다. 부드럽다. 준비한 모종을 화분에 옮기는 순간, 새 생명이 시작되는 느낌이 든다.

작년 이맘때였다. 선배는 자전거에서 내리자마자 검은 비닐봉지에서 무언가를 꺼냈다. 들고 있는 것은 작고 연약해 보이는 모종이었다. "형님, 뭐 하시려고요?" 하며 묻자, 평소처럼 아무 말 없이 빙그레 웃기만 했다. 출근길에 함께 커피를 나누며 늘 하던 대로 동료들과 이런저런 이야기를 주고받았다.

"회사에 저걸 왜 가져왔대?"

"누가 보면 뭐라 하지 않을까?"

정년퇴직을 앞둔 선배가 무슨 생각을 하는지 우리는 알 수 없었다. 하지만 나는 "도와줄 것도 아니잖아. 그냥 놔둬. 알아서 잘할 거야. 한 번이라도 우리를 곤란하게 한 적 있었어?"라고 말했고, 모두 각자의 자리로 돌아갔다.

휴식 시간이 되자 선배는 고추, 오이, 가지, 딸기 모종을 차례로 다섯 개의 화분에 심기 시작했다. 분주하게 움직이는 동안 동료들은 곁눈질로 바라보기만 했고, 누구 하나 뭐라고 말하는 사람이 없었다.

며칠 지나자 모종들은 조금씩 키가 자랐다. 심은 채소들을 보고 있자니 나도 모르게 관심이 갔다. 바투 다가가 잘 있었냐고 인사까지 했다. 동료 한 명은 호박 덩굴이 철망을 타고 오르지 못한다며 지주대를 세워주었다. 빈정대던 또 다른 동료는 퇴근길 시든 잎을 보고는 물 조리개로 물을 주었다.

시간이 흘러 화분에 꽃이 피었다. 호박꽃은 많이 보았지만, 가지와 방울토마토 꽃은 생소했다. 농사를 지어본 적 없는 나에게 이 광경은 신기하게 느껴졌다. 하루가 다르게 꽃의 크기가 달라졌고, 며칠 후에는 꽃잎이 시든 자리에 작은 열매들이 자라기 시작했다. 흥미롭게 바라보는 나에게 선배가 말했다.

"꽃이 피어야 열매가 맺혀."

모든 식물이 그러냐는 내 질문에 고개를 끄덕였다. 문득 채소를 키우는 것이 사람과의 관계와 닮았다고 느꼈다. 물을 주지 않으면 시들어버리는 채소처럼, 관계도 정성과 노력이 없으면 금세 소원해지고 만다. 시큰둥하던 동료들도 언젠가부터 하나둘 관심을 보이기 시작했다. 오이가 얼마나 컸는지, 가지는 어느 정도 자랐는지 서로 묻는 게 일상이 되었다.

생텍쥐페리의 소설 『어린 왕자』에는 '장미'가 등장한다. 어린 왕자는 요구사항이 많고 변덕이 심한 장미에게 유리 덮개도 씌워주지 않고 떠나지만, 결국 지구에 있는 오천 송이의 장미보다 더 소중하다는 걸 깨닫게 된다. 꽃에게 쏟은 시간 때문이라고 여우가 말해준다.

어쩌면 선배는, 어린 왕자와 장미의 관계처럼 소중한 그 무엇인가를 우리에게 가르쳐주려 한 것은 아닐까. 본인은 떠나가지만, 우리가 함께 했던 그 시간 속에서 자신을 기억해달라는 그런 의미였는지도 몰랐다.

삭막한 산업현장에서 푸르게 자라나는 생명의 의미처럼.

　채소들이 한창 자랄 때, 우리는 그가 기른 오이와 고추를 점심시간에 함께 나눠 먹었다. 조각 하나씩 돌아갈 정도의 양이었지만, 나눠 먹는 즐거움이 더 컸다. 오이의 아삭한 식감에 웃음이 터졌고, 가지가 자라는 모습을 보며 알 수 없는 뿌듯함이 가슴을 채웠다. 둘러앉은 그 시간은 자연스럽게 직장 내 분위기를 부드럽게 만들었다.

　어느 날, 그는 쓰임이 다한 빈 화분을 정리하고 있었다. 그건 마치 자신이 걸어온 길을 돌아보는 것처럼 느껴졌다. 35여 년을 넘게 다니던 회사였으니 어찌 남다른 소회가 없겠는가. 옆모습에서 얼핏 쓸쓸함이 스쳐 지나가는 것을 보았다.

　아침 조회하는 시간, 동료들과 함께 차를 마시며 이야기를 나눴다. 그러면서 나는 내년 봄이 오면 다시 화분에 채소를 심자고 했다. 동료들 역시 머리를 끄덕이면서 서로 물을 주겠다고 나섰다. 선배는 조용히 고개를 끄덕였다.

　우리는 다시 새로운 생명을 불어넣자는 결심을 나누었다. 사람과의 관계도, 채소를 가꾸는 일도 끝이 아닌 다시 시작할 수 있는 일이라는 생각이 들었다. 결국, 중요한 것은 빈 화분을 다시 채워나가는 일이며, 그 시간을 통하여 서로 관심을 가지고 교감할 수 있다는 것을 알게 되었다.

　새로운 시작을 알리는 초록색 봄이 왔다. 두 개의 화분에 무궁화나무 한 그루와 메리골드를 심었다. 남겨둔 세 개의 화분을 보면서 그의 빈자리를 떠올렸다. 기계만 있는 삭막한 공장에서 잊어버린 자연을 느끼게 해준 그는 어쩌면 장 지오노의 『나무를 심은 사람』에 나오는 주인공이었는지도 모르겠다.

남은 세 개의 화분에 고추, 오이, 가지 세 모종을 심는다. 부드러운 흙이 뿌리를 잘 감싸도록 손으로 살짝 다져준다. 마지막으로 물을 살포시 뿌린다. 흙이 촉촉하게 젖으며 모종은 마치 숨을 들이쉬는 것처럼 보인다.

이제 막 심은 작은 모종이지만 시간이 지나며 점차 자라나고 화분을 가득 채울 것이다. 우리들의 관심과 사랑을 자양분으로 삼아서.

동료가 큰 목소리로 말한다.

"형님! 오늘 회식입니다. 모종 심은 기념으로 정년 퇴임한 선배님께도 전화했습니다. 약속 지킨 걸 자랑해야지요."

사과
이야기

　아침 햇살이 부드럽게 과수원에 내려온다. 유성 같은 빛줄기가 나무 사이를 스며들며 황금빛으로 물들인다. 얇은 안개가 감싸고 있는, 그 안에는 붉은 사과들이 더욱 빛을 발한다. 아름다움은 마치 자연 그 자체가 현실과 꿈 사이에서 춤을 추는 듯하다. 나뭇가지는 색종이처럼 반짝이며, 과실들은 붉은 보석처럼 그 위에 달려 있다.

　시집간 누나를 따라 버스를 타고 처음 놀러 온 포항시 오천읍은 온통 붉은색 천지였다. 버스도 붉은색, 군가를 부르며 구보를 하는 해병대도, 사과도 붉은색이었다. 마치 열정의 도가니처럼 느껴졌다.

　사과만큼 사람과 밀접한 과일이 있을까? 인류의 기원과 인간의 타락에 대한 비유인 아담과 이브의 사과에서부터, 그림 형제가 쓴 동화 「백설 공주」의 사과, 뉴턴의 사과, IT 전문기업의 로고까지. 또한, 얼마나 많은 문학인이 소재로 삼았던가. 차례상과 제사상에도 자비와 사랑을 의미한다고 해서 빠뜨리지 않는 과일 중 하나다.

　사과의 원산지는 발칸반도로 알려져 있다. 우리나라에서는 18세기 초 재배되었다고 한다. 1900년대 이후로 대구, 경북 지역을 중심으로 본격적으로 재배가 이루어졌으며 색깔에 따라 홍색 사과, 황색 사과, 녹색 사과로 구분된다. 비타민 C, A가 많이 함유되어 소화촉진, 심장 건강 증진, 면역체계 강화 등에 도움을 준다.

어느 때부터, 붉은색 사과가 흰색 사과로 변하기 시작했다. 봄에 냉해로 인해 흰색이 되는 일이 자주 발생하게 된 것이다. 하지만 근본적인 원인은 기후 위기로 안토시아닌 색소가 발현되지 않아 착색되지 않기 때문이다. 과일이 자라는 데는 반드시 온도 차가 필요하다. 일정한 온도가 유지되면 나무가 호흡으로 쓰기 때문에, 열매가 아니라 나무가 자란다. 사과에는 당도가 축적되지 않아 맛이 없다. 농부가 사과 농사를 위해 구슬땀을 흘린다고 해도 상품성이 없어 밭을 갈아엎을 수밖에 없다.

1℃ 상승한 지구온난화로 인해, 대구 붉은 사과 면적은 절반 넘게 줄어들었다. 강원도로 올라간 사과는 정선, 인제, 양구, 포천으로 점차 자신의 서식지를 북쪽으로 이동시켰다. 지구온난화가 현 상태로 유지된다고 가정할 때, 기후학자들은 2070년이면 강원도 일부에서만 사과를 볼 수 있다고 한다. 100년 뒤에는 대한민국에서 사과가 사라진다는 경고도 있다.

1977년, 케냐의 환경운동가 왕가리 마타이(Wangari Maathai)는 기후 변화와 산림 파괴로 인해 농지가 사막화되고 식량 생산이 위협받는 것을 막기 위해 '그린벨트 운동(Green Belt Movement)'을 시작했다. 이 운동은 단순한 나무 심기 캠페인이 아니었다. 여성 농민들이 중심이 되어 나무를 심고, 사라진 숲을 복원하며 기후 변화로 인한 토양 유실과 물 부족을 줄이는 데 목적이 있었다.

수십 년간 오천만 그루 이상의 나무를 심었고, 단순히 환경을 지키는 것을 넘어 지역 공동체의 생계와 다음 세대의 식량 안보를 지키는 활동으로 확장되었다.

누구나 마음껏 먹는 과일에서, 아무나 먹지 못하는 비싼 과일이 된 사과를 보며 지구온난화에 모두가 관심을 가져야 하지 않을까.

이제는 어린 시절의 기억과 함께 포항시 오천읍 사과는 볼 수 없다. 사과를 먹어서 예쁘다는 대구 아가씨도, 기억 속에 접어 가지런히 매만질 뿐이다. 처음 버스를 타고 놀러 간 누나 집에서 본 과수원의 풍요롭고 아름다운 풍경을 다시는 만날 수 없다고 생각하니 안타깝기만 하다.

어린 시절 맛있게 먹었던 사과 맛이 아직도 기억에 남아 상큼하게 코를 간질인다. 사방에 넘쳐나던 그 붉은 빛깔의 환희는 다 어디로 갔을까?

기차 창밖의
풍경

기차를 타면, 창밖의 풍경이 끊임없이 바뀐다.
한 장면을 오래 붙잡을 틈도 없이,
마을이 사라지고 논이 나타나고,
산이 멀어졌다가 다시 다가온다.
속도는 사람의 걸음보다 멀리 닿지만,
자동차보다 매끄럽게 흐른다.
나는 기차 안에서 창가 자리를 좋아한다.
머무는 자리에서 마주한 세상은
마치 책장을 넘기듯 한 장 한 장 바뀌는데,
다시 펼칠 수 없는 문장이 내 안에 남아 있음을 안다.
같은 길을 또 지나더라도,
그날의 빛과 색,
창에 맺히는 물방울의 모양까지 달라지기 때문이다.
햇빛이 더 길게 머물던 시절엔 창밖 풍경을 사진으로 남기려 애썼다.
하지만 이제는 그냥 바라본다.
흘러가는 것들은 흘러가게 두고,
내 마음속 어딘가에만 저장한다.
사진은 시간이 멈춘 듯 보이지만,
진짜 기억은 움직임 속에서 살아남는다.
기차 창밖의 풍경을 보고 있으면

내 삶도 저렇게 흘러왔다는 걸 깨닫는다.
붙잡을 수 없었기에,
오히려 더 선명하게 남은 순간들.
그것이 내가 이 자리에서 창밖을 오래 바라보는 이유다.

"남의 그림자를 밟지 않은 사람에겐, 언젠가 자기만의 햇살이 찾아
온다."

낮빛의
시간

바람이 쇠의 냄새를 머금고 지나간다. 주름진 손등 위로 금이 간 햇살이 스며들자 늙은 노동자는 옷깃을 한겨울보다 더 단단히 여민다. 공장의 굴뚝은 마지막처럼 하얀 연기를 내뿜고, 노동자도 굴뚝도 하루의 시작과 끝을 분별하지 않는다.

차가운 바람이 유리창을 타고 미끄러지던 초겨울이었다. 단산을 앞둔 공장에서 조용히 정리 중인 동료의 눈빛에 마음이 머물렀다. 나직한 말투, 부드러운 손놀림, 이따금 하늘을 바라보는 습관이 나를 움직였다. 문득 그를 사진에 담아야겠다는 생각이 들었다.

인물사진은 단순히 대상을 찍는 일이 아니라, 그 존재의 흔적을 기록하는 행위이다. 그러나 대상에 대한 애정만으로는 충분치 않다. 첫 시도는 실패였다. 이미지 속의 그는 무기력했고, 생기가 없었다.

"자연광은 모든 조명의 어머니입니다."

고민하던 내게 선배가 말했다. 아침 빛은 얼굴을 따뜻하게 감싸고, 저녁 붉은빛은 그림자와 대화를 나눈다. 이는 차가운 인공조명과 다르다. 자연광은 현장의 모든 것을 얽히게 하며 단순한 재현을 넘어서 새로운 서사를 만들었다. 빛을 이해하지 못한다면 촬영의 잠재력을 온전히 깨달을 수 없다는 조언이었다.

공장의 바깥, 열린 공간에서 촬영하던 날, 초겨울의 해는 낮은 각도로 기울어 있었다. 빛은 차갑던 풍경에 따스함을 더했고, 피사체에 깊이를 더했다. 정면의 빛은 긍정적인 감정을 불러일으켰고, 측면의 빛은 명암을 통해 얼굴의 입체감을 드러냈다. 역광은 실루엣에 신비로움을 더하며 차가운 공장의 한편을 다른 차원처럼 변모시켰다.

셔터를 누를 때마다 빛은 피사체의 윤곽으로 몰려들었다. 공장의 벽면과 먼지가 쌓인 창가 위에 희미하게 서려 있던 빛은 기억처럼 되살아나, 얼굴의 곡선을 따라 내려앉았다.

초상은 단순히 기록이 아니다. 빛이 인간의 표정을 따라 조각해내는 하나의 서사이다. 셔터가 열리는 순간, 그것은 시간의 층위 속에서 피사체의 본질을 비춘다. 그 순간, 단순한 정지가 아니라, 빛과 피사체의 대화이다. 나는 빛이 남긴 쉼표에 매료되었고, 주름진 이마와 희미한 눈빛에 깃든 이야기를 읽어내려 애썼다. 그것은 단지 이미지가 아니라, 시간과 침묵을 기록하는 행위였다.

빛은 늘 그곳에 있었다. 그러나 셔터가 열리는 순간, 비로소 자신만의 언어로 말을 걸었다. 인물을 찍는다는 것은 그 언어를 해독하는 일이었다. 피사체와 나, 그리고 관람자 사이에서 메시지를 직조하는 매개체로서의 장면은, 단순한 모방이 아닌 새로운 해석의 공간이었다. 빛과 그림자가 교차하는 기록물은 단순한 장면을 넘어선 내러티브였다.

빛을 다루는 법을 깨우쳤으나, 인물의 표정이 문제였다. 카메라 앞에

선 동료는 대화할 때의 부드럽던 표정을 잃고 경직되었다. 긴장을 풀기 위해 대화하며 촬영을 병행했다. 그러던 중 문득, 내가 가장 마음을 열었던 순간을 떠올렸다.

공장에서의 첫날, 어머니가 해주셨던 위로의 말.

"어머니가 처음 어떤 말씀을 해주셨습니까?"

그 질문이 피사체의 얼굴에 온화함을 불러왔다. 공장에서 보낸 시간이 담긴, 단순하지 않은 미소. 단산을 앞둔 결연한 의지도 얼굴에 스며들었다. 카메라가 모든 것을 붙잡았다. 인물 사진은 빛과 그림자의 기록이 아니라 대화를 통해 공명하며 태어나는 산물임을 그때 알았다.

좋은 사진은 기술 이상의 것이다. 그것은 한 사람의 본질에 다가가, 틀 안에 온전히 담아내는 일이다. 동료를 찍은 순간은 단순한 이미지가 아니었다. 그날의 공기, 대화, 그의 존재를 품은 기록이었다.

육명심의 『백민』은 한국인의 삶과 민족적 정체성이 잘 살아 있는 사진집이다. 깊은 산림의 정적 속, 할머니는 고목의 굴곡진 가지 위에 몸을 기댄 채 앉아 있다. 그녀의 시선은 낮게 드리워진 듯하면서도, 어딘가 다른 세계를 응시하는 듯하다. 주름진 얼굴은 세월의 무게와 내재된 이야기를 함축한다. 촬영 대상과 교감하지 않으면 담을 수 없는 것으로, 인간적인 따뜻함을 녹여냈다.

사진 속 인물은 정지해 보이지만, 빛의 결을 따라 끊임없이 말을 건넨다. 장면은 얇게 접혀 추억 속에 스며들고, 찍는 자와 찍히는 자의 시선이 얽힌다. 두 명의 시선은 동일하지 않다. 그 차이는 찍는 이의 사유가 만든다. 바람에 흩날리는 머리카락, 깊게 패인 주름, 떨리는 입술은 단순한 기록이 아니라 공감의 흔적이다.

이미지는 늘 말을 건다. 사진은 멈춘 것이 아니라, 기억과 감각이 빛과 그림자를 통해 다시 살아나는 무대다. 셔터는 단순히 닫히는 것이 아니다. 그것은 새로운 이야기가 시작되는 지점이다.

쇳소리와 기계의 진동 속에서, 동료는 체념과 희망 사이에서 하루를 쌓는다. 그날의 바람은 속삭인다. "얼마나 오래 버틸 것인가?" 그 대답은 손바닥의 굳은살 속에 새겨져 있다. 그것은 말이 아니라, 시간을 몸으로 살아낸 자들의 무늬다.

길가의 들꽃과
눈인사

길을 걷다보면, 발끝 가까이에 꽃이 피어 있는 걸 발견할 때가 있다.

누군가 심어놓은 것도 아니고,

가꾸어주는 사람도 없는 자리에서

홀로 뿌리를 내리고 피어난 들꽃.

눈에 잘 띄지 않는 연약한 몸이 바람과 비를 견디며 서 있는 모습을 보면

나도 모르게 발걸음을 멈추게 된다.

나는 그런 순간을 '눈인사'라고 부른다.

말은 없지만,

서로의 존재를 확인하고 짧게 미소를 나누는 일.

꽃은 나를 모르지만,

움츠린 자리에 피어 있는 것으로 이미 나에게 인사를 건넨다.

그리고 나는 눈길을 돌려

인사를 받았다는 표시로 고개를 살짝 끄덕인다.

들꽃과의 눈인사는 오래 남지 않는다.

몇 걸음만 걸어가면,

내 앞에서 꽃의 자취가 점점 옅어진다.

하지만 사라졌다고 해서

눈빛이 겹친 순간이 없었던 건 아니다.

마음속에는 여전히 작은 빛 점처럼 남아,

하루의 표정을 조금 바꾸어놓는다.
삶에도 이런 들꽃 같은 순간이 있다.
오래 머물진 않지만,
마주한 것만으로 마음이 환해지는 만남.
길 위에서 들꽃을 만나듯,
찬란한 순간들을 나는 오늘도 기다린다.

"빛은 따라가는 자가 아니라, 스스로 가는 자를 따른다."

가르치는 것과
배우는 것

세상은 끊임없는 변화와 성장 속에서 발전하고 있다. 그 단계 속에서 가르침과 배움은 인간 사회의 핵심적인 축을 이룬다. 정보의 전달을 넘어 그것을 이해하고, 분석하며, 상황에 맞는 적절한 맥락을 제공한다. 그것은 삶에 긍정적인 영향을 미치는 행위로, 자아를 발전시키고 새로운 가능성을 열어가게 한다.

가르치는 것은 어떤 지식이나 경험을 타인에게 전달하며, 더 나은 이해를 할 수 있도록 돕는 흐름이다. 활용할 수 있는 능력과 동기부여를 심어주는 진행이라고 볼 수 있다. 절차의 배경과 상황에 맞춰 내용을 조정하고, 이해를 촉진하기 위한 다양한 방법을 모색하는 것이다. 가르치는 사람은 자신이 가진 지식을 분명하고 체계적으로 전달할 수 있도록 의도적으로 조직하고, 때로는 경로의 반응을 보고 내용과 접근 방식을 변화시키기도 한다. 이는 전적으로 타자의 성장을 염두에 두고 행하는 일이며, 그래서 스스로 책임감을 느끼고 자기 자신도 지속해서 학습하는 태도가 요구된다.

반대로 학습한다는 건 자신이 아직 모르는 것을 채워나가며, 그 경로에서 자신의 사고를 확장하고 새로운 관점을 수용하는 일이다. 배우는 사람은 열린 마음으로 접근해야 하며, 호기심과 질문을 통해 깊이를 더한다. 배우는 견해에서는 단순히 정보를 얻는 것에 머물지 않고, 현실에 실제 적용하고자 하는 노력도 필요하다. 이는 수동적인 자세가 아닌, 능동적으로 자신의 사고를 확장하려는 의지에서 비롯된다.

회사에서 운영하는 하계휴양소 해수욕장 봉사 활동을 하려면 수상 인명구조 요원 자격증이 필요했다. 수영장과 바다에서 각각 5일씩, 총 10일간의 교육을 마쳐야 검정에 응시할 수 있었다.

강습 과정 중 수영장에서 정확한 구조 동작을 못 하면 강사가 물을 먹이며 강도 높은 훈련을 이어갔고, 이로 인해 포기하는 사람도 많았다. 바다 교육은 체력과 정신적 부담이 더욱 컸으며, 구조 동작이 미숙하면 강사가 물을 마시게 해 더욱 강하게 압박했다. 바닷물로 인한 고통은 정신까지 흐리게 만들었다.

자격증 취득 후 간담회에서 "왜 그렇게 물을 먹이십니까?"라고 강사에게 물었다. 강사는 실제 구조 상황에서 당황하지 않고 익수자 생명도 구하고, 구조자의 목숨도 지키기 위한 것이라 답했다. 나는 인명 구조원 자격뿐만 아니라 수상안전 강사 자격까지 취득할 수 있었다.

이렇게 보면, 가르치는 사람은 타인에게 다가가기 위해 다방면으로 애쓰고 배려하는 행동이 요구되며, 학습자는 적극적인 자세와 탐구하는 마음이 중요한 요소가 된다. 가르치는 이는 나눔과 책임감을 행동으로 표현하며, 터득하는 사람은 이해와 성장 의지를 태도로 드러낸다. 둘은 각기 다른 과정이지만, 결국 더 큰 배움과 성장의 여정을 함께 이어가고 있다. 그저 지식을 담는 그릇이 아니라, 마음에 새기고 삶 속에 자연스레 녹아들어야 함을 말한다.

'산파술'로 알려진 소크라테스는 독특한 교육 방식을 통해, '배움이란 스승이 지식을 주입하는 것이 아니라, 학습자의 내면에 잠재된 지혜를 끌어내는 과정'이라고 주장했다. 대화와 질문을 통해 스스로 진리에 접근하게끔 도왔으며, 진정한 배움은 가르침을 받는 사람 스스로 사고하고 깨달음을 얻는 것이라고 보았다. 소크라테스의 교육 철학은 가르치는 자와 배우는 자의 관계를 '서로 함께 탐구하는 자'로 설정하여, 배움이 양방향으로 이루어져야 한다는 것을 강조한다.

가르치는 것이 그저 "이래야 한다."라는 강요가 아니라, 그들이 지나온 길을 우리에게 말없이 보여주는 따스한 길잡이로 작용한다. 그럴 때 그 지혜를 더 잘 담아낼 수 있을 것이다. 마치 스스로 피어나는 꽃을 따뜻하게 돌보는 것과 같은 것인지도 모른다. 결국, 가르치는 것과 배우는 것은 서로 다른 방향의 두 길이지만 함께 걷는 길인 셈이다.

"카르페 디엠, 현재를 붙잡아라." 현재를 붙잡는 일은 순간을 소비하는 것이 아니라, 그 속에서 자신의 눈을 뜨게 하는 일이다. 틀에 박힌 규율과 주입식 교육 속에서 진정한 가르침이란 무엇인지, 그리고 배움이란 어떤 과정을 거쳐야 하는지를 묻는다. 지식의 전달을 넘어 삶의 의미를 묻고, 배우는 이들이 스스로 살아갈 이유와 방식을 찾아가도록 돕는 과정임을 깊이 있게 성찰하게 한다.

낯선 도시의
오후

낯선 도시에 도착하면,

시간은 잠시 제 속도를 잃는다.

지도 속 이름만 보던 거리가 눈 앞에 펼쳐지고,

길 위로 내가 처음 듣는 언어와 소리, 냄새가 겹친다.

오후의 햇빛은 시간이 흐르는 도시만의 색을 띤다.

돌바닥에 부서지는 빛,

좁은 골목 사이로 스며드는 바람,

카페 창가에 앉아 있는 사람들의 표정까지

모두가 내게는 하나의 장면처럼 다가온다.

낯선 도시의 오후는 계획에서 조금 벗어날 때 가장 빛난다.

관광지가 아닌 길모퉁이에서

우연히 들어간 작은 서점,

창밖으로 세탁물이 펄럭이는 주택가,

나를 부르는 자리에서만 맡을 수 있는 저녁 냄새.

빛이 지나간 틈새, 나는 여행자가 아니라

낯선 길이 겹쳐진 도시의 하루 속에 잠시 섞인 한 사람이 된다.

누구도 나를 모르는 곳에서

나는 오히려 나를 조금 더 또렷하게 느낀다.

해가 서쪽으로 기울면,

거리의 그림자가 길어지고

내 안에도 여정의 그림자가 드리운다.
곧 떠나야 할 시간이라는 걸 알지만,
그림자가 길어질수록
발을 딛고 선 도시와 조금 더 가까워진 기분이 든다.
낯선 도시의 오후는,
떠남과 머묾이 나란히 걷는 시간이다.
하나의 시간을 공유하고 둘이 함께 걸을 때,
여행은 비로소 완성된다.

"상처마다 꽃이 피니, 두려움 없이 걸어라."

스크래치
— 너의 언어

선들은 깊고 선명하다. 오래된 화물차 바닥에 새겨진 무수한 긁힘은 한때 빛나던 금속의 외피를 무수한 선으로 덮었다. 무거운 짐이 지나간 자리마다 상흔이 가득하다.

사진가들은 스크래치를 단순히 파괴된 표현이 아닌 의미 있는 기록으로 포착한다. 그럴 때, 그저 망가진 표면을 찍는 것이 아니라 강렬한 대조를 만들어주는 역광 기법을 사용한다. 빛의 방향과 강도를 조절하면서 피사체의 질감을 두드러지게 하면 철제 흠집이 더욱 입체적으로 드러나기 때문이다.

또 다른 방법으로는 심도를 조절하여 초점을 맞추는 방식이 있다. 배경을 흐릿하게 하는 피사계심도로 갈라짐에만 집중하게 되면, 그 고통의 깊이와 연륜이 사진을 통해 고스란히 전달된다.

봄바람이 불어온다. 벚꽃 나뭇가지의 생살은 붉은 몽우리를 품기 위해 자신을 찢고, 그 틈새로 꽃눈을 틔어 올린다. 그것은 오롯이 상처의 대가로 태어난다. 나무는 겨울의 혹독한 한파를 견디며 생채기가 덧나도 자신을 포기하지 않는다. 오히려 세포를 단단히 보호막처럼 감싸고 에너지 소비를 줄이며 쉼 없이 새로운 가능성을 준비한다. 자신을 찢고 닫힌 수관을 열어 물을 끌어올리는 그 모습은, 통증 없는 봄이 없음을 말해준다.

공장의 어둠 속, 사라지지 않는 소리들, 철의 파편이 부딪히며 남기는 날카로운 진동, 기계의 낮은 울림, 그리고 희미하게 스며드는 빛줄기. 낡은 벽과 바닥에는 시간의 빗금들이 새겨져 있다. 하지만 이 공간은 고통을 견뎌낸 강철의 심장처럼 멈추지 않고 앞으로 나아간다. 기계가 만들어내는 규칙적 소음은 거대한 생명체의 숨결 같다.

화물차의 바닥에 새겨진 남은 흔적은 단순히 부서지고 무너진 흉터가 아니다. 그것은 삶을 버티며 견뎌온 증표다. 긁히고 마모된 자리에 남겨진 것은 고통의 잔재임과 동시에 회복의 자국이다. 절망을 딛고 일어서는 강함이며, 새로운 희망의 자리가 된다.

어느 날, 손에서 미끄러진 철 구조물이 발등 위로 떨어지며 일상이 갑작스레 멈췄다. 골절로 한 달 정도 치료를 받아야 했다. 하지만 그 멈춤은 의외의 선물이 되었다. 받은 책 한 권이 고통의 무게를 덜어주며 새로운 세상으로 나를 이끌었다. 책을 읽는 동안 현실의 통증은 희미해졌고, 문학과 철학, 수많은 이야기는 아픔을 성찰의 도구로 바꿔주었다. 다시 걷게 되었을 때, 나는 이전보다 단단해져 있었다. 발등의 상처는 아물었고, 마음에는 지혜와 성장이 남았다.

만정헌(晩定軒)은 울산광역시 문화재자료 제2호로, 약 500년 전 조선 세종 때 김자간이 세운 경주 김씨의 정각이다. 현재의 건물은 약 200년 전 보수되었으며, 지붕 처마의 곡선이 전통 건축의 아름다움을 보여준다. 오래된 나무 기둥의 결과 닳은 기와에선 시간의 숨결이 고스란히 느껴진다. 옛 건축물을 보전하는 것은 단순히 미적 차원에서 뿐만은 아니다. 풍화의 흔적을 통해 역사를 재조명해보고 오늘을 사는 지혜를 얻기 위함이다.

　가끔 출근길에 폐지를 가득 싣고 힘겹게 리어카를 끌고 가는 할아버지를 만나게 된다. 노인의 얼굴과 손에는 주름이 겹겹이 그어져 있다. 시간이 남긴 무수한 생채기는 그의 삶이 편안치 않았다는 것을 보여준다. 가로와 세로 주름이 복잡하게 얽혀 있는 것처럼 사연도 많으리라.

　화물차의 바닥을 한번 손으로 쓸어본다. 거친 표면의 질감이 따스하게 와닿는다. 상처는 결국 성장의 발판이다. 고통의 자리가 아니라, 다시 일어설 수 있다는 희망이다. 자잘한 금 사이로 햇살이 금가루처럼 환하게 반짝인다.

6부

나를 지켜준 말들

누군가의
한 문장

살다보면, 수많은 말이 스쳐 지나간다.

겹겹의 순간들 가운데 대부분은 곧 잊히지만,

어떤 말들은 마음속 어딘가에 깊이 박혀

시간이 흘러도 여전히 빛을 잃지 않는다.

나에게 그런 말 중 하나는

모든 것이 첫걸음 같던 날, 스승이 건넨 한 문장이었다.

"멀리 가려면, 천천히 걸어라."

그때의 나는 늘 서둘렀고,

빨리 가는 것이 더 많은 것을 얻는 길이라 믿었다.

하지만 낯선 울림을 품은 문장은,

속도를 늦춰야 비로소 보이는 풍경이 있다는 걸 알려주었다.

마음을 비추는 문장은 위로가 될 때도 있었고,

자신을 다잡는 경계가 되기도 했다.

실패했을 때는 조급함을 가라앉히는 약이 되었고,

성공했을 때는 자만을 누르는 손길이 되었다.

누군가의 한 문장은,

시간을 건너 여전히 서 있는 얼굴로 오래 남는다.

말을 한 사람보다,

잊히지 않고 돌아와 내가 오래 간직하기 때문이다.

그래서일까, 그 문장을 떠올릴 때면

그때의 목소리와 표정까지 함께 살아난다.

나는 이제,

나도 누군가에게 그런 한 문장을 남길 수 있을까를 생각한다.

오래 지나도 잊히지 않고,

필요한 순간 조용히 꺼내 쓸 수 있는 말.

가슴에 박히는 울림으로 누군가의 하루를 조금 더 단단하게 해줄 수 있다면.

짧은 순간, 삶의 온기를 데울 수 있다면.

"문장은 길을 알려주지 않는다. 대신 길을 찾아 나서는 사람을 만드는 게 아닐까?"

어머니께 드리는
졸업장

드디어 한 장의 졸업장을 손에 쥐게 되었다. 마음이 벅차다. 힘들고 어려웠던 시간이 스쳐 지나간다. 오래 가슴에 품었던 한을 풀게 된 것은 순전히 당신 때문이었다. "세월이 지나도 배우는 것은 멈추지 말아야 한다."라는 말이 다시 한번 떠오른다.

어머니는 평생 생선 장사를 했다. 바닷가 마을에 살면서 도매로 생선을 구매해와 시장 난전에서 팔았다. 명절 이외는 한 번도 쉬지 않았다. 아버지 없는 가장의 몫을 감당하기 위해 당신은 몸이 아파도 새벽에 리어카를 끌고 나갔다. 나는 어머니를 위해 조국 근대화의 기수가 되기로 했다. 공업 고등학교 입시 원서를 썼고 합격했다.

조선소 하청 노동자의 하루는 길었다. 일의 강도는 높고 몸은 지쳐갔다. "대학을 보내야 하는데." 기름때 묻은 작업복을 입고 출퇴근하는 아들을 보고 어머니는 혼잣말하셨다. 미안해하는 당신의 표정은 공장을 다니는 동안 환청처럼 머릿속을 떠나지 않았다.

가정을 이루고 옮겨간 직장에서 30년이 되던 해였다. 근속을 축하하는 메달을 수여한 날 저녁, 가족들의 축하를 받으면서 생각에 잠겼다. '이제껏 가장으로서 열심히 살았다고 자부하지만, 자신을 위해 한 일은 무엇인가?'라는 질문이 머릿속에 맴돌았다. 늦었지만 나를 위해, 하늘나라에 계신 어머니를 위해 대학교에 가야 한다고 다짐했다. 그래야 조금이라도 죄책감을 덜 수 있을 것 같았다.

교대 근무하는 직장이라 인터넷 대학만 가능했다. 공부한다면 내가 정말 원했던 문학을 하고 싶었다. 시인이 꿈이었으니 지금이라도 늦지 않았다고 생각하며 문예창작학과에 입학했다.

"삶이란, 선(線)으로 되어 있는 것이 아니라, 점(點)의 연속이다."

고등학교 때 한 습작을 다시 시작했다. 수십 년 손때가 묻은 빛바랜 노트를 꺼내서 시와 산문을 고치고 다듬어서 과제로 제출했다. 모임이며 잠도 줄였다. 인터넷 강의를 들으며 수강과목과 관련 있는 책을 읽고 독후감도 써야 했다. 조기 졸업을 위해 방학에는 두 과목으로 한정되어 있는 계절 수업도 들었다.

회사에서의 업무는 기계가 고장 나면 고치는 일이라 집중력이 필요하다. 조금이라도 방심하면 다칠 수 있다. 동료와 함께하기 때문에 중요한 책임이 따랐고, 주어진 업무를 성실히 수행해야 했다. 학교 수업도 소홀히 할 수 없었다. 두 가지를 동시에 해내기 위해 많은 밤을 새웠고, 주말에는 휴식보다는 공부에 몰두해야 했다.

처음과 다르게 체력이 급격하게 떨어졌다. 몸과 마음이 지친 상태에서도 포기할 수 없었다. 문예창작학과의 과제는 창의적인 사고와 깊은 생각을 요구했다. 회사 업무와는 성격이 달라 일을 마치고 창작에 몰입하기가 쉽지 않았다. 어느 날엔 고장이 난 기계를 보수하면서 딴생각을 하다 크게 다칠 뻔했던 일도 있었다.

　최선을 다했지만, 예상보다 시험 결과가 좋지 않았다. 스스로 실망했다. 그럴 때마다 중간에 포기하고 싶은 생각이 여러 번 들었다. '이 나이에 내가 왜 이렇게 힘들게 공부를 하고 있나?' 하는 자괴감도 느꼈다. 하지만 어려움 속에서도 포기하지 않은 이유는 그때마다 어머니의 얼굴이 떠올랐기 때문이었다.

　『난장이가 쏘아올린 작은 공』을 쓴 조세희 작가는 학력이 낮아 문학 활동을 시작하는 데 많은 고민과 어려움을 겪었다. 그의 어머니는 시장에서 고기 장사하며 아들이 문학에 대한 꿈을 포기하지 않도록 도왔다. 그런 헌신 덕분에 한국을 대표하는 작가가 될 수 있었다.

　목표로 한 조기 졸업 4학년 1학기 말 고사에서 문제가 발생했다. 장비 보수업무 관련으로 스위스 검수 출장명령이 떨어졌다. 하필이면 학기말 고사를 치르는 날과 겹쳤다. 시험 시간을 조정한다고 해도 한 과목은 비행기가 출발하는 공항 로비에서 응시해야 했다.

　무거운 구형 노트북을 챙겨 백팩에 넣었다. 출장 기간이 보름이라 짐이 많았다. 과제 책을 가져가기는 버거워 그냥 가기로 했다. 노트북을 꺼내 휴대전화 핫스팟으로 인터넷을 연결했다. 시험은 예상과 달리 주관식 문제가 많았다. 공교롭게도 통신 연결이 원활하지 않은 채 시간은 흘렀고 겨우 시험을 치를 수 있었다.

　출장을 마치고 돌아와 학점을 검색하니 'F' 학점이었다. 주관식 문제가 통신 연결이 제대로 되지 않아 잘못된 것이었다. 졸업 점수는 141점이었으나 한 과목을 제외하고 139점을 취득했다. 한 과목이 3점인데 졸업 못 하는 점수였다. 이의 신청 기간에 교수님께 장문의 편지와 시간이 표기된 비행기 표, 출장 명령서 등을 첨부해서 제출하자 받아들여졌다. 대학교에 다닌 지 3년 6개월 만에 마침내 학사 학위를 받았다.

어머니 산소를 찾았다. 졸업장과 함께 학교에 다니는 동안 발간한 첫 시집 『고통도 자라니 꽃이 되더라』, 두 번째 시집 『붉은색 옷을 입고 간다』를 가져갔다. 당신이 생존해계셨다면 어떤 표정을 지으셨을까? 따뜻한 눈빛으로 그동안 수고 많았다며 토닥토닥 어깨를 두드려주시지 않았을까.

"삶의 이유를 가진 사람은, 거의 어떤 고난도 견딜 수 있다."

어머니에게 절을 하며 내가 좋아하는 니체의 말이 떠올랐다. 올려다보는 하늘이 푸르다.

오래 품어온
구절

책을 읽다보면,
한 문장 전체를 붙잡고 오래 머무르게 되는 순간이 있다.
마치 한 구절이 오래전부터 내 이름을 부르고 있었던 것처럼,
페이지 사이에서 반짝이며 모습을 드러낸다.
스무 살 무렵, 나는 한 시집에서 이런 구절을 만났다.
"마음이 무너질 때, 나무의 뿌리는 더 깊어진다."
그때는 가슴에 남는 울림의 무게를 다 알지 못했다.
다만, 무너진다는 것과 뿌리가 깊어진다는 것 사이에
어떤 묘한 위로가 있다는 느낌만 품었다.
내 마음을 두드린 구절은 책상 앞에 붙어,
오랜 세월 나를 바라보고 있었다.
일이 잘 풀리지 않는 날에도,
사람과의 관계가 얽혀버린 날에도,
침묵 속에서 빛을 내는 한 문장은 조용히 제자리에 있었다.
마치 말없이 내 어깨에 손을 얹는 사람처럼.
세월이 흐른 뒤,
나는 그 말이 단순한 위로가 아니라
하나의 사실이라는 걸 알게 되었다.
마음이 무너진 순간들이,
나를 가장 깊게 단련시키고 있었다는 것을.

오래 품어온 구절은 보이지 않는 길을 비추는
마치 빛을 머금은 씨앗 같다.
마음을 두드리며 깨어난 빛이 즉시 발아하지 않더라도,
언젠가 꼭 필요한 날에
내면의 고요를 뚫고 싹을 틔운다.
숨결이 머문 빈자리 위에 남은 깨달음은 평생 간다.

충조평판

"그건 별거 아니야. 내가 직접 경험해봤으니까 알아."

몇 개월 고민하던 문제라 입이 떨어지지 않았다. 마음속 결심은 섰지만, 실수하지 않으려 조언을 들어보고 싶어 비슷한 경험이 있는 친구에게 물었다. 말을 듣는 내내 마음이 불편했다. 집으로 돌아오는 길에 곰곰이 생각해보았다. "나는 이렇게 했는데 너는 그것도 못 하니?"라고 말하는 것처럼 들렸기 때문이었다.

조언을 들으러 갔다가 잔소리만 들은 것이다. 자신의 경험으로 마음을 다치지 않게 말한다고 해도, 정작 받아들이는 상대가 불편하다면 믿음이 아니라 틈이 생긴다. 정신건강의학과 정혜신 박사의 책 『당신이 옳다』 중에서 가장 인상 깊게 읽었던 부분이 '관계'에 대한 글이었다. 타인에게 함부로 '충조평판'을 하지 말라는 이야기였다.

"어떤 사람이 나에게 고통과 상처, 갈등을 이야기할 때는 충고나 조언, 평가나 판단(충조평판)을 하지 말아야 한다. 그래야 비로소 대화가 시작된다. 힘든 상황에 빠진 사람에게서 고통은 소거하고 상황만 인식할 때 나오는 말이다. 그렇게 되면 팩트가 유실된다. 그건 이미 논리가 될 수 없다. 모르고 하는 말이 도움이 될 리 없다. 알지 못하는 사람이 안다고 확신하며 기어이 던지는 말은 비수일 뿐이다."

이야기할 때 공감이 선행되지 않는 섣부른 말은 상대를 위축시키거나 오히려 아픔을 키울 수 있다는 뜻이다. 머리를 한 대 얻어맞은 것 같은 기분이 들었다. '꼰대'가 되어 함부로 말한 적은 없는지 돌이켜보았다. 섣부른 말로 언어의 가해자인 적은 없었는지.

조언한다고 해도 똑같은 상황일 순 없다. 비슷하다 하더라도 공감하지 못하면 잔소리가 될 뿐이다. 책을 읽은 이후로 스스로 다짐하게 되었다. 어떠한 대화라도 내 입장보다는 상대방의 관점에서 말해야 한다는 걸.

스콧 피츠제럴드의 소설 『위대한 개츠비』의 주인공 개츠비에게 그의 아버지는 이렇게 말했다.

"남을 비판하고 싶을 때면 언제나 이 점을 명심하여라. 이 세상 사람이 다 너처럼 유리한 입장에 놓여 있지 않다는 걸 말이다."

생각해보면 우리는 타인에 대한 평가를 너무 쉽게 한다. 이야기를 들을 때 자신의 관점에서 본인의 경험만으로 결론을 만들려고 한다. 어쩔 수 없는 인간의 한 부분이기도 하지만 반드시 경계해야 할 사안이다. 사실 조언을 구할 때 해결책을 찾고 싶은 마음도 크지만 대부분 사람은 그 상황에 대한 공감이나 이해, 위로받으려는 마음이 더 크다. 그런 걸 모르고 듣는 이가 본인 처지에서 생각하고 결론을 낸다면 상대는 더 힘들어질 것이다. 모든 환경을 자신 의지대로 이해한다면 그 행위는 배려가 아니라 폭력이 될 수 있음을 각인해야 한다. 그러면 어느 것이 조언이고 잔소리인지 구분이 생긴다.

다른 사람의 경험은 어디까지나 타인의 경험일 뿐이다. 내 삶에 관한 결정은 내가 하는 것이다. 결점과 실수를 누구도 대신해줄 수 없다. 자신을 믿고 상처받거나 휘둘리지 않아야 한다. 그림을 좋아하는 나는, 힘들 때마다 보며 위안받는 그림집이 있다. 자기 삶을 스스로 결정하고, 결점과 실수를 감내하며, 타인의 경험에 휘둘리지 않고 주체적인 삶을 표현한 화가 프리다 칼로의 그림 작품 책『프리다 칼로(Frida Kahlo)』이다.

그녀는 자신의 고통과 내면을 담은 자화상을 통해 독립적이고 강인한 정신을 표현했다. 특히, 작품 <가시 목걸이와 벌새가 있는 자화상>은 이러한 주제를 잘 보여준다. 그림에서 칼로는 고통과 상처를 상징하는 가시 목걸이를 걸고 있으나, 정면을 응시하는 강렬한 눈빛을 통해 자기 삶을 주체적으로 살아가려는 의지를 드러낸다. 타인의 시선이나 경험에 흔들리지 않고, 스스로 개척하려는 메시지를 전달한다.

"그건 별거 아니야. 내가 직접 경험해봤으니까 알아…"라는 말보다 "너무 걱정하지 마. 나도 겪어봤는데, 충분히 이겨낼 수 있을 거야." "겪고 있는 일이 쉽지 않겠지만 지나고 보면 분명 더 단단해져 있을 거야. 네가 잘 해낼 거라는 걸 믿어." 이런 말이 더 필요한 게 아닐까.

타인의 경험은 저 먼 곳에서 반짝이는 작은 별빛과도 같다. 그 빛은 우리 눈에 들어오지만, 결코 길을 비추거나 대신 걸어주지 않는다. 자신의 길을 스스로 정하고, 가시로 엮인 목걸이를 걸더라도 그것을 나의 이야기로 삼아야 한다. 삶의 결점과 실수는 나의 것이기에 아름답고, 세찬 바람 속에서도 흔들리지 않는 나무처럼 서 있어야 할 것이다.

쓰다 지운
편지

편지를 쓰기 시작하면, 처음에는 마음이 쏟아져 나온다.

그리움, 미안함, 혹은 오래 삼킨 말들이

잉크를 타고 흘러내린다.

문장은 때로 울컥하고,

때로 조심스러워진다.

한 줄을 채우기도 전에 마음이 새어 나간다.

나는 종종 편지를 접어 마음의 서랍에 숨긴다.

그리고 잠시 후, 다시 펴서 쓰고 읽다가

몇 줄을 지우고,

어떤 문장은 통째로 지워버린다.

결국, 편지는 점점 짧아지고,

마지막에는 아무 말도 남지 않는 경우가 많다.

편지를 지운다는 건

마음을 없앤다는 뜻이 아니다.

오히려 너무 깊어서,

글로 다 담을 수 없다는 의미에 가깝다.

말로 꺼내는 순간,

가만히 숨 쉬는 마음이 얇아질 것 같을 때가 있다.

전하지 않은 편지는,

받는 이의 손에 가지 못했지만

나의 하루에는 분명히 흔적을 남긴다.
아직 감싸지 못한 종이 한 장이
오랫동안 책상 서랍에 남아 있는 것처럼,
마음속에도 그런 서랍이 있다.
쓰다 지운 편지들은,
전해지지 않았기에
더 오래 살아남는 말들일지도 모른다.

시간 속의
시간

시간이란 무엇일까. 그것은 우리의 삶 속에 녹아들어 어김없이 흐르는 존재지만, 정작 그 실체는 모호하다. 언제나 앞을 향해 나아가며 우리를 끌어당긴다. 지금, 이 순간도 과거가 되고, 미래는 손에 닿을 듯하면서도 먼 곳에 존재한다. 끊임없이 흐르고 있지만, 잡아두거나 멈출 수 없다.

그렇다면 우리는 이 흐름 속에서 어떤 위치에 있는가? 시간의 강물에 떠 있는 한 점, 바로 우리의 존재다. 시간을 정의하려는 수많은 철학적 논의가 존재한다. 앙리 베르그송의 철학은 시간을 양적 개념이 아닌 질적인 경험으로서 다룬다. 내용을 들여다보면 시간은 시계의 눈금으로 측정될 수 있는 단순한 순간의 집합이 아니라 말한다.

시간 속의 시간을 마주할 때가 있다. 물질적인 시간과 정신적인 시간의 난센스일 수 있다. 빛은 시공간 차원의 이야기이고, 마음은 다른 차원의 이야기이니, 비교한다는 것은 말이 안 된다.

시간은 우리의 의식 속에서 무한히 확장되고 축소되는 유동적인 감각의 흐름이다. 우리는 이 '순간의 흐름' 속에서 느끼고 경험한다. 그래서 특정한 물리적 단위나 외부의 지표로 설명하기 어렵다.

시간을 가리키는 헬라어는 두 가지가 있다. 하나는 크로노스, 수평으로 흐르는 시간을 말한다. 하나는 카이로스, 수직으로 통하는 시간이다. 크로노스는 연대기적 흘러가는 시간을 말한다. 해가 뜨고, 낮과

밤이 교차하고, 사계절이 지나는 달력 속의 시간이다. 카이로스는 특정한 시간을 의미한다. 흘러가는 시간이 아니라, 위아래로 높고 깊어지는 질적인 시간, 변화와 기회의 시간을 가리킨다.

크로노스의 1년은 누구에게나 똑같은 365일이다. 카이로스의 하루는 1년보다 길 수 있고, 1년이 하루보다 짧을 수도 있다.

시간의 흐름을 경험하면서 우리는 스스로 존재를 자각하게 된다. 한순간 한순간이 모여 삶을 구성한다. 그러나 그 각각의 순간은 개별적으로 존재하지 않는다. 모든 순간은 끊임없이 이어져 과거와 현재, 그리고 미래를 하나의 줄기로 묶는다. 이 흐름 속에서 기억을 떠올리고, 미래를 예측하며 현재를 경험한다. 시간은 우리에게 존재의 연속성을 부여하는 동시에, 순간의 유한성을 깨닫게 한다.

흐르는 시간 속에서 우리는 무엇을 남길 수 있을까? 과거는 이미 지나간 것, 미래는 아직 오지 않은 것, 그리고 현재는 끊임없이 사라지고 있다. 결국, 붙잡을 수 있는 시간은 그 어디에도 없다. 그러나 이 무형의 존재를 통해 자신을 돌아보고, 삶의 의미를 찾으려 한다. 시간을 마주하는 우리의 방법이다. 자신에게 소중한 질문을 던진다. '과연 나는 어떤 시간을 살고 있는가?'

인간은 때때로 외부의 기준에 맞추어 살려고 한다. 현대 사회는 정확한 시각을 기준으로 돌아간다. 언제나 시계의 눈금을 바라보며 생활하고, 분 단위, 초 단위로 나누어진 시간 속에 삶을 맞춘다. 그러한 시간 속에서 우리는 정말로 시간을 살고 있는 것인가? 아니면 따라가기만 하는 것인가? 잠재된 의미를 발견하지 못한 채 시계의 틀에 맞추어 자신을 잃고 있지는 않은가?

시간 속의 시간, 그것은 외부의 흐름과는 다른 내면의 시간이다. 인간은 본질적으로 이중적인 시간을 살아간다. 하나는 외부의 시간, 다른 하나는 내면의 시간이다. 외부의 시간은 사회적, 물리적 요구 때문에 정해진다. 이는 우리의 일정을 결정하고, 생활의 틀을 제공한다. 하지만 내면의 시간은 감정과 사유의 리듬을 따르며 개별적이고 고유한 흐름을 가진다. 외부의 시간에 맞추어 생활하면서도, 내면의 시간을 통해 자기 자신을 돌아본다. 삶의 깊이를 경험하고, 자아를 탐구하게 된다. 시간의 이중성은 우리에게 다양한 방식으로 삶의 의미를 찾게 한다.

삶이란 시간의 연속선 위에 점을 찍는 행위다. 그러나 그 점들은 단순히 지나가는 순간이 아니라, 각자가 살아가는 고유한 표현이다. 인간은 시간을 완전히 지배할 수 없지만, 그 속에서 삶의 의미를 찾고, 새로운 자아를 발견할 수 있다. 내면에서만 찾을 수 있는 고유한 경험이며, 자신을 진정한 존재로 만들어준다.

17세기 네덜란드의 바니타스(Vanitas) 화가들은 인생의 무상함과 시간의 덧없음을 강조한 작품을 많이 남겼다. 바니타스 정물화는 해골, 모래시계, 꺼진 촛불, 썩어가는 과일 등을 주요 소재로 삼아, 인간의 삶이 유한하며 모든 건 결국 사라진다는 주제를 전달했다. 시간의 흐름에 따라 모든 것이 결국 소멸하게 된다는 진리를 시각적으로 표현했다.

미하엘 엔데의 소설 『모모』는 시간이 단순히 우리가 계획하고 사용하는 자원이 아니라, 진정한 삶의 의미를 담고 있는 요소임을 강조한다. 주인공 모모는 시간 절약이라는 이름 아래 사람들에게서 시간을 빼앗는 '회색 신사들'과 맞서 싸우며, 삶에서 진정한 삶의 기쁨과 행복을 잃어버리는 시간을 갖는 태도를 상징한다.

모모는 진정한 시간의 주인으로서 삶을 살아간다. 그녀는 사람들에게 시간을 '소유'하는 것이 아니라, 함께 누리는 것임을 일깨운다.

말하지 못한
고백

고백은 타이밍의 예술이라고들 한다.

하지만 나는 놓치면 돌아오지 않는 순간을 맞추지 못한 채

여러 번 가슴의 문을 여는 일을 묻어두었다.

입술까지 올라왔다가,

마지막 한 발자국을 내딛지 못한 말들.

공기 속에 머무는 언어를 삼킨 날에는

집으로 돌아와 한참을 멍하니 앉아 있었다.

왜 그랬을까, 왜 그 순간

입을 열지 못했을까? 스스로 다그쳤다.

하지만 시간이 지나고 보니,

침묵을 뚫고 터져 나온 말이 묻힌 자리에서

다른 종류의 마음이 자라고 있었다.

빛으로 나오지 못한 마음은

마치 봉인된 편지처럼 남는다.

봉투는 낡아가지만,

영혼의 방 한켠에 든 말은 한 번도 바깥 공기를 마시지 않아

오히려 더 선명하다.

밤하늘을 꿰뚫는 별빛의 또렷함은 때때로 나를 아프게 하지만,

때로는 눈빛 하나에도 세상이 열리던 때의 나를 따뜻하게 비춘다.

늦게서야 마음이 눈을 뜬다.

고백은 전해야 완성되는 것도 있지만,

전하지 않아도 마음속에서 오래 살아남는 것도 있다는 것을.

시간 속에 흩어진 문장들은 비록 누군가의 귀에 닿지 않았지만,

나의 하루와 계절을 조용히 바꾸어놓았다.

아마도 시간에 묶여 태어나지 못한 고백들은

끝내 전해지지 않음으로써,

영원히 현재형으로 남아 있는지도 모른다.

우물의
온도

　우물은 고요하다. 계절의 변화가 격렬해도, 깊은 곳에 고여 있는 물은 흔들림 없이 자신을 지킨다. 여름 무더위 속에서도 그 차가움이 선명하게 느껴지고, 겨울 추위 속에서도 일정한 온기를 유지한다. 외부의 환경이 변해도 우물물은 대체로 18℃를 유지한다고 한다.

　일정함은 무엇을 말하고자 하는가? 외부의 변덕스러움에도 흔들리지 않는 내면의 정체성을 암시한다. 우물은 그 깊이로 인해 변화를 초월한다. 지상의 바람과 비, 태양의 열기는 표면을 스치고 지나가지만, 아래쪽 물은 여전히 고요하다. 함부로 부화뇌동하지 않는다. 변하는 것은 우리가 그 물을 느끼는 방식이다. 여름에는 시원하게, 겨울에는 따뜻하게 느껴질 뿐이다. 이 차이는 본질이 아니라 환경 상태에서 비롯된 것이다. 마찬가지로, 삶에서 겪는 많은 혼란과 동요는 외부 때문이라기보다 그것을 받아들이는 내면의 문제일지 모른다.

　클로드 모네는 단순히 외부 환경을 재현하지 않았다. 자신만의 세계를 구축했다. 빛과 그림자의 흔들림 속에서도 나만의 시선으로 본질을 포착하며, 외부 세계를 내면 사유로 변환했다. 그의 붓질은 단순한 재현이 아닌 자기 세계를 지키려는 의지를 담고 있었다. 변화하는 환경 속에서도 표리부동하지 않고, 사물의 진정한 모습을 포착해내려고 노력했다.

　우물은 한결같음의 은유이다. 깊이는 마르지 않고, 고요함은 언제나 자신을 지킨다. 우리는 얼마나 자주 외부 세계의 변화에 자신을 의심하는가? 계절처럼 변화무쌍한 환경 속에서 자신의 가치를 흔들림 없이 지킨다는 것은 무엇을 의미하는가? 타인의 시선, 평가, 상황이 우리 감각을 흔들 때, 우물물처럼 본질을 잃지 않을 수 있는가?

이상의 『날개』는 주인공인 나의 자아 탐구와 존재론적 고뇌를 다룬 단편 소설이다. 세계는 때로 거친 바람처럼 내 중심을 흔들려 하지만, 그 바람 속에서도 '나는 나다'라는 주체는 흔들리지 않는다. '방'이라는 제한된 공간 안에서 외부의 억압적 구조와 내면의 혼란에 직면하면서도, 반복되는 고독 속에서 자신의 존재를 확인하려는 강렬한 시도를 보여준다. 그의 선언은 밖으로부터의 자극이 아무리 거세더라도, 깊은 사유와 자각이 있다면 자신을 지킬 수 있음을 상징적으로 드러낸다.

지금은 결혼한 딸아이가 고등학생이던 때다. 겨울이 다가오던 어느 날, 유명 메이커의 값비싼 패딩을 갖고 싶다며 조심스럽게 말했다. 친구들 사이에서 소외될까봐 고민 끝에 딸의 부탁을 들어주었다. 아이는 한동안 행복해 보였지만, 며칠 뒤 말했다. "아빠, 패딩이 있다고 내가 달라지진 않는 것 같아." 그 말을 들으며 딸아이가 단순히 외부에 휘둘리는 대신, 스스로 중심을 찾아가고 있음을 느꼈다. 시행착오를 통해 성장하는 모습에 뭉클함이 밀려왔고, 자신만의 길을 만들어가도록 묵묵히 지켜봐야겠다고 생각했다.

우리는 종종 다른 사람의 본질이 변했다고 착각하지만, 진정 변한 것은 자신이 아닐까? 내가 변함으로써 그도 달라 보이는 것이다. 결국,

사람은 움직이는 풍경처럼 심리에 따라 여러 가지 모습으로 나타나게 된다.

바람은 보이지 않는다. 나뭇잎을 흔들고 내 몸을 스치고 가지만 형체는 없다. 그걸 느끼는 건 나의 마음 때문이다. 삶은 항상 요동치고 계절처럼 끊임없이 변한다. 그러나 우리가 깊은 우물처럼 흔들림 없이 머물 수 있다면, 외부 변화는 더이상 본질을 위협하지 않을 것이다. 마르지 않는 물처럼.

생각은 깊고 잔잔한 우물과 같아야 한다. 외부 온도의 자극이 닿지 못할 만큼, 그 중심은 내가 스스로 지켜야 할 내면의 성이다. 흔들리지 않는 18℃ 온도로, 나는 나로 존재한다.

무늬 뒤의 무늬

1판 1쇄 발행	2026년 3월 31일
지은이	김윤삼
발행인	윤미소
발행처	(주)달아실출판사
책임편집	박제영
디자인	전부다
편집위원	김선순, 이나래
법률자문	김용진, 이종진
주소	강원도 춘천시 춘천로 257, 2층
전화	033-241-7661
팩스	033-241-7662
이메일	dalasilmoongo@naver.com
출판등록	2016년 12월 30일 제494호

ⓒ 김윤삼, 2026
ISBN 979-11-7207-093-9 03810